# LES MANGEURS D'HOMMES D'ILETROIS

W0401976

DU MÊME AUTEUR
CHEZ LE MÊME ÉDITEUR

Nº 1 : LA HACHE DE BRONZE
Nº 2 : LE GUERRIER DE JADE
Nº 3 : LES AMAZONES DE THARN
Nº 4 : LES ESCLAVES DE SARMA
Nº 5 : LE LIBÉRATEUR DE JEDD
Nº 6 : LE MAUSOLÉE MALÉFIQUE
Nº 7 : LA PERLE DE PATMOS
Nº 8 : LES SAVANTS DE SELENA
Nº 9 : LA PRÊTRESSE DES SERPENTS
Nº 10 : LE MAÎTRE DES GLACES
Nº 11 : LA PRINCESSE DE ZUNGA
Nº 12 : LE DESTRIER DORÉ
Nº 13 : LES TEMPLES D'AYOCAN
Nº 14 : LES RÊVEURS DE XURA
Nº 15 : LA TOUR DES DEUX SAGESSES
Nº 16 : LES MERS DE CRISTAL
Nº 17 : LES CHASSERESSES DE BREGA
Nº 18 : L'ÉCHIQUIER VIVANT DE HONGSHU
Nº 19 : LES RAVAGEURS DE THARN
Nº 20 : LES BARBARES DE SCADOR
Nº 21 : LES CONSACRÉS DE KANO
Nº 22 : L'EAU DORMEUSE DE DRAAD
Nº 23 : LES CINQ ROYAUMES DE SARAM
Nº 24 : LES DRAGONS D'ANGLOR
Nº 25 : LA TRIBU ROUGE DES KARGOIS
Nº 26 : LES ANDROÏDES DE MAK'LOH
Nº 27 : LA COURTISANE DE DAHAURA
Nº 28 : LE MAGICIEN DE RENTORO
Nº 29 : LE TYRAN DE TARGA
Nº 30 : LE MALÉFICE DU NGAA
Nº 31 : LES GLADIATEURS DE HAPANU
Nº 32 : LES RÉVOLTÉS DE MYTHOR
Nº 33 : LA FORÊT CARNIVORE DE JAGHD
Nº 34 : LES DESCENDANTS DES MAÎTRES DU CIEL
Nº 35 : LES SEPT DUCHÉS DU FLEUVE CRAMOISI
Nº 36 : LA VENGEANCE DU MAÎTRE DU CIEL
Nº 37 : LA CAVERNE DE L'IDOLE
Nº 38 : LES AÉRIENS DE K'TAR
Nº 39 : LES DIEUX DE LA MORT LENTE

JEFFREY LORD

# BLADE

# LES MANGEURS D'HOMMES D'ILETROIS

PLON

La loi du 11 mars 1957 n'autorisant, aux termes des alinéas 2 et 3 de l'article 41, d'une part, que les *copies ou reproductions strictement réservées à l'usage privé du copiste et non destinées à une utilisation collective*, et, d'autre part, que les analyses et les courtes citations dans un but d'exemple et d'illustration, *toute représentation ou reproduction intégrale ou partielle, faite sans le consentement de l'auteur ou de ses ayants droit ou ayants cause, est illicite* (alinéa 1er de l'article 40). Cette représentation ou reproduction, par quelque procédé que ce soit, constituerait donc une contrefaçon sanctionnée par les articles 425 et suivants du Code pénal.

© 1983, by Book Creations, Inc.
Produced by Lyle Kenyon Engel.
© Librairie PLON GECEP 1984.

ISBN : 2-259-01121-7

## CHAPITRE PREMIER

Richard Blade regarda la Rolls-Royce gris souris se garer devant l'entrée de sa résidence campagnarde avec un petit haussement d'épaule fataliste qui parut assombrir l'humeur fantaisiste de Culotté, le singe télépathe qu'il avait ramené de la Dimension du Fleuve Cramoisi (1).

— Finies les vacances… murmura Blade à l'attention de l'animal, tout en caressant les bizarres plumes bleutées qui lui servaient de pelage.

Le petit singe poussa un couinement de désespoir et sauta sur le sol lorsque le chauffeur de la Rolls descendit de sa voiture. Blade nota que le moteur tournait toujours, ce qui signifiait

(1) Voir Blade n° 35 : *Les Sept Duchés du Fleuve Cramoisi.*

que l'homme qui s'approchait maintenant de lui à grands pas était pressé.

— Etes-vous prêt, Monsieur? demanda le chauffeur qui avait du mal à cacher son appartenance à la branche spéciale du MI 6, le Service secret de Sa Majesté.

Blade acquiesça d'un mouvement de tête.

— Mes bagages sont dans l'entrée, fit-il.

Pendant que le pseudo-chauffeur prenait la petite valise de cuir noir pour la mettre dans le coffre de la grosse voiture aux vitres teintées, Blade ramassa Culotté et l'embrassa sur le front.

— Pas de voyage pour toi, cette fois-ci, mon vieux! Je compte sur toi pour veiller sur le manoir, continua-t-il avec un clin d'œil au vieux Ben Simson qui avait accepté de garder la grande maison en compagnie de l'étrange animal (produit d'une expérience génétique secrète, lui avait confié Blade pour éviter des explications plus gênantes...).

— Le temps presse, Monsieur, dit le chauffeur.

— J'arrive, répondit Blade en déposant Culotté.

Il fit un petit signe à l'adresse du vieux Ben et se dirigea vers la Rolls grise.

Comme il s'en doutait, J l'attendait à l'intérieur.

Le vieux chef du MI 6 lui serra longuement la main et attendit que la voiture ait démarré pour parler.

— Je sors de chez le Premier ministre, dit-il. Et j'ai évité de justesse une coupe sombre dans le budget du Projet DX... On n'arrête pas de me dire que les temps sont durs, Richard et que tout cet argent serait peut-être mieux utilisé ailleurs...

Blade hocha la tête, comme pour inviter son chef à continuer. Visiblement, l'affaire avait été chaude.

— Voyez-vous, Richard, poursuivit J, le seul avantage qu'ont jamais eu les régimes totalitaires sur les démocraties est peut-être de pouvoir se passer de l'avis de la population pour mener des programmes de recherche excessivement coûteux. Imaginez un peu, par exemple, la NASA débarrassée de la pression néfaste pour ses crédits des 95 % de la population américaine qui ne comprennent rien à l'énorme intérêt de la conquête spatiale... L'industrialisation de l'espace aurait déjà commencé !

— Tout à fait d'accord avec vous Monsieur, répondit Blade avec un petit sourire. Mais chaque fois que je vois la tête d'Andropov, je ne peux m'empêcher d'être heureux d'habiter le monde libre... même si la démocratie regorge de défauts. Vous connaissez le vieux dicton qui dit qu'il vaut mieux ne pas échanger un cheval borgne...

— ... contre un aveugle. Oui, je sais, je sais... Mais nous préparons peut-être l'avènement d'un Empire britannique infini qui s'étendrait dans l'immensité des Dimensions que nous ouvrent les ordinateurs de Lord Leighton. Et, malgré cette perspective extraordinaire, il faut que je passe mon temps à batailler pour qu'on ne nous coupe pas le téléphone !

Blade ne put s'empêcher de rire devant l'image volontairement exagérée de J. Cela détendit encore l'atmosphère et le vieux chef du MI 6 changea de sujet de conversation pour prendre des nouvelles de son protégé, de cet homme qu'il admirait secrètement et dont il aurait aimé être le père. Car si Blade était un brillant spécimen physique et mental de l'espèce humaine, il était aussi le seul homme capable de supporter la translation entre les univers mystérieux et fascinants découverts par le génial Lord Leighton, un vieillard de quatre-vingts ans déformé par la maladie, qui avait préféré renoncer à une gloire internationale pour œuvrer dans le plus grand secret au rétablissement de la grandeur de l'Angleterre.

Plus tard, lorsque la grosse voiture pénétra de nuit dans Londres, J devint subitement silencieux. A chaque mission, il avait peur que Blade ne revienne pas et la pensée qu'un jour l'ordinateur central ne ramène qu'un corps sans vie l'obsédait continuellement jusqu'à ce que Blade réapparaisse sain et sauf. Lord Leighton éprouvait également les mêmes sentiments, mais pour des raisons différentes : si Blade ne revenait pas vivant d'une mission, ce serait le coup de grâce pour le Projet DX car il semblait que ce diable d'homme soit pour l'instant le seul au monde à pouvoir rester sain d'esprit durant ces expériences incroyables. Si Blade mourait, J perdrait un enfant alors que Lord Leighton se verrait privé de son cobaye favori...

La silhouette sinistre de la Tour de Londres se profila dans le lointain. Dans ses sous-sols humides se dissimulait le complexe informatique qui allait expédier une nouvelle fois Richard Blade dans un univers inconnu.

***

Les gardes de la branche spéciale accompagnèrent les deux hommes jusque dans le sanctuaire de Lord Leighton. Celui-ci les accueillit avec une satisfaction évidente et demanda à Blade d'aller se déshabiller dans le vestiaire prévu à cet effet. Il en revint vêtu de la tenue de combat et des bottes qu'il avait amenées dans sa valise.

Lord Leighton jeta un rapide coup d'œil approbateur au treillis et tendit un couteau à grosse lame à Blade qui le passa dans son ceinturon.

Blade serra la main aux deux hommes et s'installa dans la cabine de translation dont la cage grillée descendit bientôt pour enfermer le voyageur.

Puis Lord Leighton lança ses ordinateurs et le monde familier commença à se diluer lentement autour de Blade.

# CHAPITRE II

Blade sentit qu'il tombait lorsqu'il reprit conscience. L'impression de chute dura encore quelques secondes, le temps qu'il se ressaisisse complètement. Puis ce fut l'arrivée dans l'eau.

Avant de l'atteindre, Blade avait eu le temps de se rendre compte qu'une forêt le cernait. Le contact brutal avec le liquide élimina tout de son champ de vision et il s'enfonça de quelques mètres avant de remonter, malgré le handicap de son treillis et de ses bottes gorgés d'eau.

Quand il refit surface, ce fut pour s'apercevoir qu'il faisait très sombre, presque nuit noire, et qu'il pataugeait dans ce qui était de toute évidence un marais parsemé d'arbres. Et qui disait marais disait aussi danger : les grandes étendues d'eau stagnante avaient la fâcheuse habitude d'abriter en général des créatures qu'il valait mieux éviter de rencontrer...

Blade se dirigea tant bien que mal vers la

masse aplatie d'un îlot sur sa gauche, qu'il aborda avec un soupir de soulagement.

Le corps de l'îlot était constitué par un amalgame de bois, de plantes et de racines dans lequel ses bottes s'enfoncèrent profondément. Aucun arbre n'y poussait et il devina bientôt que la petite île flottait en fait sur le marais, un peu comme celles que l'on trouve en grand nombre sur le lac Titicaca.

Pour plus de sûreté, Blade s'avança vers le centre de l'énorme radeau naturel, là où la couche de produits végétaux était vraisemblablement la plus épaisse. Par chance, il faisait assez chaud pour qu'il puisse supporter ses vêtements trempés. Une fois à une vingtaine de mètres de l'eau gluante, il se contenta d'ôter ses bottes et de les vider, avant de les remettre. Puis il se releva et essaya de faire le point sur sa situation.

Deux choses le frappèrent immédiatement : l'odeur douceâtre et vaguement écœurante et quelque chose d'inhabituel dans la configuration même du terrain. Ses yeux cherchèrent le ciel mais ne virent qu'une coupole noire, ce qui accentua encore son impression de malaise. Il essaya encore de scruter les environs mais l'obscurité et les masses d'arbres qui s'élevaient tout autour de lui, à une bonne centaine de mètres, empêchèrent toute investigation sérieuse. Mieux valait donc attendre un jour qui finirait bien par se lever pour en savoir plus. Blade fit donc contre mauvaise fortune bon cœur et s'allongea sur la couche végétale humide qui lui servait de refuge. Il tira ensuite son couteau de son ceinturon et finit par s'endormir d'un sommeil léger, prêt à faire face au moindre danger.

*
**

Il se réveilla avec l'apparition des premières lueurs du jour. Et là, il ne lui fallut qu'une seconde pour se rendre compte que l'univers dans lequel il était tombé n'était *vraiment* pas normal !

Tout semblait aller de travers ici... A commencer par l'horizon qui montait au lieu de descendre. Pendant quelques instants, l'esprit de Blade tenta de lutter contre l'évidence, de refuser ce monde de cauchemar où un bon tiers du ciel était obstrué par une large bande sombre qui se déroulait au-dessus de sa tête, avec ses forêts, ses lacs et ses rivières ! Pas de doute possible, cet univers avait la forme d'un cylindre que Blade évalua à cinq ou six kilomètres de diamètre... Cela voulait dire que les deux portions de ciel où le soleil aveuglant apparaissait alternativement et les deux portions de terre — celle où il se trouvait et celle qui était suspendue au-dessus de lui — devaient faire dans les cinq kilomètres de large. De l'endroit où il était, Blade ne pouvait pas voir les extrémités du fabuleux cylindre mais tout indiquait qu'il devait faire au moins une trentaine de kilomètres de long, si ce n'était pas plus !

« Ce coup-ci, les ordinateurs de Lord Leighton ont encore fait mieux que d'habitude », se dit Blade avec un soupir. Il s'assit et contempla les deux bandes de ciel noir, illuminées alternativement, et à intervalles rapprochés, par un soleil jaune brillant qui rappelait bien celui de la bonne vieille Terre. Cette course effrénée de l'astre autour du cylindre amena un début de réponse aux questions que se posait Blade.

— Un satellite ! fit-il à haute voix en se relevant à demi.

Sur le coup, la simple idée d'être à l'intérieur d'une construction artificielle d'une pareille taille lui sembla absurde. Mais le fantastique était devenu le lot habituel de ses missions dans les Dimensions X et il se rassit pour mieux réfléchir à sa situation.

Sur Terre, et avant de servir de cobaye à Lord Leighton, Blade avait été un des meilleurs agents des Services secrets britanniques. Ce qui voulait dire qu'il avait dû se tenir au courant de tout ce qui se passait dans le monde, y compris dans le domaine scientifique. Et maintenant qu'il y repensait, cet univers incroyable lui rappelait quelque chose qu'il avait lu plusieurs années auparavant...

Sans cesser de surveiller les alentours, Blade fouilla sa mémoire avec la précision d'un ordinateur partant à la recherche d'une information. Il ne mit pas très longtemps à retrouver ce qu'il cherchait. C'était un nom. Celui d'un physicien américain nommé Gerard O'Neill, un homme qui avait démontré dans les années soixante-dix qu'il serait possible de construire avant la fin du xx^e^ siècle d'immenses colonies spatiales en orbite lointaine autour de la Terre en se servant de matériaux extraits de la surface de la lune.

C'était ça.

O'Neill avait fait les plans d'énormes satellites cylindriques tournant sur eux-mêmes pour maintenir une gravité artificielle semblable à celle de la Terre au niveau de la surface intérieure de leurs parois. L'opération avait été repoussée en raison de son coût astronomique. Tout au moins dans l'univers de Blade... car, dans cette DX, elle avait été réalisée avec succès, même si le paysage semblait être bizarrement laissé à l'abandon.

Soudain, les yeux de Blade entrevirent un

mouvement fugitif dans la végétation qui dévorait le rivage mal défini du marais. Il s'aplatit sans bruit et fixa l'endroit en question. Au bout de quelques secondes, il fut certain que des hommes l'observaient derrière le rempart de feuillage vert sombre.

Il n'y eut aucun autre mouvement suspect pendant plus d'un quart d'heure et Blade finit par se persuader qu'il n'avait peut-être finalement pas été aperçu. Il resta pourtant allongé en essayant de faire le moins de bruit possible avec les brindilles de bois qui ne cessaient de craquer sous son poids.

Sa prudence se révéla payante car l'agitation reprit soudain au cœur des arbres. Cette fois, les hommes qui s'y trouvaient n'avaient visiblement plus l'intention de se dissimuler. Cette constatation remplit Blade d'inquiétude. Son instinct lui disait maintenant qu'il avait été repéré.

Il ne tarda pas à en avoir la confirmation. Il vit tout à coup les branches qui trempaient dans l'eau s'écarter pour laisser passer deux courtes embarcations, ressemblant à des pirogues indiennes ventrues, et qui se dirigèrent immédiatement vers l'îlot. Chacune d'elles transportait une demi-douzaine d'hommes nus à l'armement hétéroclite qui eurent tôt fait de traverser l'espace d'eau stagnante qui les séparait du refuge de Blade.

Entre-temps, celui-ci s'était replié de l'autre côté de l'îlot flottant avec l'idée de se jeter à l'eau pour atteindre la berge opposée. Mais au moment où il allait entrer dans le marais, des remous inquiétants se manifestèrent à quelques mètres seulement de lui et il préféra alors affronter la douzaine de sauvages plutôt que de s'aventurer dans l'eau.

Un choc se répercutant dans l'îlot annonça à Blade que les assaillants venaient d'aborder. Le centre renflé le cachait à leur vue. Il en profita pour se rapprocher d'eux. Il les entendait parler à voix basse car ils devaient être au plus à une trentaine de mètres de lui. Il ne parvint pas à saisir ce qu'ils disaient, — en raison de la distance seulement, car les translations entre les univers lui conféraient l'étrange pouvoir d'être capable de comprendre immédiatement les langues des peuples qu'il rencontrait à chaque voyage — et s'apprêta à livrer bataille.

Son regard accrocha alors l'image de la seconde pirogue en train de contourner l'îlot pour le prendre à revers. Paradoxalement, il en fut presque soulagé : ses assaillants avaient commis l'erreur de diviser leurs forces et il pourrait peut-être arriver à se tailler un chemin au travers des six qui venaient de débarquer avant que les autres ne soient à pied d'œuvre.

Les occupants de la seconde embarcation se mirent à crier en l'apercevant et Blade se dit alors que le moment était venu de tenter sa chance.

Il se leva d'un bond en priant pour que la couche de bois plus ou moins pourri ne cède pas et surgit au sommet du petit renflement central de l'îlot en poussant un cri de guerre hérité des longues heures qu'il avait passé à pratiquer les sports de combat orientaux. Les six hommes qui s'avançaient accroupis furent surpris par ce diable vociférant et réagirent une seconde trop tard.

Blade arriva en courant au milieu d'eux et étendit le plus proche d'un coup de couteau dans la gorge. Le sauvage émit un gargouillis immonde et s'effondra en essayant d'endiguer le flot de sang qui jaillissait de son cou entaillé. L'effet de surprise continua à jouer contre le deuxième guerrier qui tenta pourtant de stopper Blade avant de se retrouver assommé par un coup de poing assez puissant pour tuer un cheval.

Mais les choses commençaient à se gâter pour Blade qui était maintenant à mi-chemin entre le centre de l'îlot et la pirogue. Les quatre autres sauvages s'étaient ressaisis et deux d'entre eux se jetèrent sur lui et le plaquèrent au sol. D'un coup de rein, il parvint à faire lâcher prise au premier. Son couteau se fraya un chemin vers la poitrine de l'autre qui poussa un hurlement de douleur quand la lame se mit à fouiller ses poumons. Dans l'intervalle, les deux derniers sauvages revenant à la charge, le combat devint inégal. Blade essaya bien de se relever pour leur échapper mais il reçut alors un terrible coup de massue dans le dos qui lui arracha un gémissement et le projeta à nouveau au sol. La mêlée devint de plus en plus confuse. Les coups se mirent à pleuvoir sur Blade qui sentait ses forces l'abandonner petit à petit. Il sut que tout était perdu quand il entendit les clameurs des occupants de la seconde pirogue s'ajouter à celles de ses agresseurs. A cet instant précis un autre coup de massue l'atteignit sur le crâne et il sombra dans l'inconscience.

# CHAPITRE III

Blade se réveilla sous l'effet de l'atroce sensation qu'il était en train de se noyer. Quand il rouvrit les yeux, ce fut pour se rendre compte qu'on lui maintenait la tête sous l'eau. Il se débattit et ses bourreaux le retirèrent vivement du liquide nauséabond. Il avala une grande goulée d'air avant qu'un coup de pied dans le ventre ne le projette sur le sol humide, lui coupant net le souffle. Un autre coup l'envoya rouler un peu plus loin et il faillit reperdre conscience.

— Debout ! gronda une voix bestiale.

Blade rouvrit les yeux. Il avait si mal au ventre que même lever les paupières lui parut insupportable. Il tenta ensuite de se mettre sur pied mais ses mains liées dans le dos et les vagues de souffrance qui déferlaient en lui l'en empêchèrent.

— Debout, vermine ! jeta à nouveau la voix.

Blade vit que l'homme qui l'insultait devait être le chef de la bande. Il était très bronzé — la protection de l'île de l'espace contre les radiations solaires devait être moins efficace que l'atmosphère terrestre — et dépassait Blade d'une bonne tête. Il ne portait qu'une ceinture de cuir pour tout vêtement. Avec un effort d'attention, Blade remarqua que la hache qui pendait au ceinturon de l'homme était faite d'un morceau de tôle épaisse fixée à une branche presque droite.

Les neuf autres hommes formaient un cercle autour d'eux et fixaient Blade d'un regard chargé de haine. Un peu à l'écart, ils avaient déposé les corps des deux sauvages que celui-ci avait tué lors de sa tentative d'évasion. Ses yeux finirent par s'habituer au clignotement incessant de la lumière solaire dû à la rotation rapide du cylindre dans l'espace et il put regarder le chef en face après s'être levé en s'appuyant contre le tronc d'un petit arbre.

Le chef brandit le couteau de Blade et s'approcha de lui avec un air mauvais. Celui-ci crut une seconde que sa dernière heure avait sonné mais la lame se contenta de découper méthodiquement le treillis jusqu'à ce que le prisonnier se retrouve aussi nu que ses gardiens. Ceux-ci se moquèrent de ses bottes et eurent un petit rire de dédain quand elles atterrirent dans l'eau du marais.

Le chef repassa le couteau dans son ceinturon et, avant que Blade n'ait eu le temps de réagir, sa main droite empoigna ses testicules et les serra avec la force d'un étau. Blade eut un haut-le-corps et faillit hurler.

— C'est toi qui étais avec la femelle d'En-Haut ? Répond !

— Voilà ma réponse ! jeta Blade en lui expédiant son genou entre les cuisses.

Le chef hurla une obscénité et relâcha sa prise sur les organes génitaux de Blade qui en profita pour lui envoyer son pied gauche dans la figure. Une seconde plus tard, les neuf autres guerriers étaient sur lui et il fut immobilisé.

*
**

Le voyage jusqu'au village se passa pour Blade dans une position inconfortable : les sauvages l'avaient attaché par les mains et par les pieds à une longue branche portée par deux des leurs, sort qu'il partageait avec les corps de ses victimes de l'îlot.

Malgré les crampes et les vagues de douleur qui traversaient son corps, Blade profita de ce répit pour essayer de se faire une idée sur ce qui l'entourait.

La première constatation évidente était que, pour une raison encore mystérieuse pour lui, l'immense satellite artificiel était retourné à la barbarie. Tout semblait indiquer que ce processus était déjà ancien car même la végétation avait proliféré faute d'entretien. En y regardant à deux fois, on pouvait encore distinguer l'organisation originelle de la forêt que l'abandon avait transformé en jungle humide : les arbres les plus gros suivaient des alignements réguliers et étaient tous de tailles sensiblement égales.

Autre point qui ne trompait pas, les guerriers qui l'avaient fait prisonnier n'étaient des sauvages qu'en apparence. En fait, leur comportement et leur physique indiquaient clairement que c'était des descendants d'hommes civilisés qui avaient été obligés de s'adapter à une situation de dégradation de la vie dans l'île spatiale. Blade remarqua que tous avaient les cheveux soigneusement coupés et qu'ils étaient rasés de près. De plus, ils ne formaient pas un type physique homogène et sur les dix hommes on pouvait distinguer aisément au moins trois origines différentes... Quant à leurs armes, il était évident qu'elles avaient été fabriquées à partir de pièces provenant d'une technologie supérieure : haches en tôle, massues faites de tuyaux recouverts d'une sorte de caoutchouc, lances dont les pointes étaient des bouts de fer retravaillés grossièrement... Seuls les couteaux semblaient être d'origine, bien que très usés.

Et puis, il y avait cette allusion à une femme venue « d'en-haut » : les habitants de l'autre portion du satellite était donc encore capables de traverser les cinq ou six kilomètres d'atmosphère qui les séparaient du pays des sauvages...

*
**

Au bout de deux heures environ, la petite troupe déboucha dans une minuscule clairière encombrée de bâtiments divers. Pour la première fois depuis qu'ils avaient quitté les abords du marais, Blade put à nouveau jeter un coup d'œil en direction du « ciel ». La configuration du paysage avait quelque chose d'oppressant avec cet horizon qui s'élevait comme une vague de terre prête à déferler sur vous. De la clairière, on ne voyait pas les extrémités du cylindre géant, sauf du côté de l'autre partie habitée qui semblait à chaque seconde vouloir s'écraser sur la jungle dont elle était séparée par les deux grands vides des parties transparentes de la structure du satellite destinées à laisser pénétrer la lumière du soleil lorsque l'île de l'espace se trouvait entre la Terre et lui.

Les bâtiments qui s'entassaient dans la clairière confirmèrent sa théorie à Blade : on distinguait parfaitement la douzaine de maisons basses qui avaient dû constituer la petite agglomération originelle parmi le ramassis d'abris en préfabriqué, et même de cabanes, qui avaient été rajoutés au fil des ans. Un mur d'enceinte en rondins protégeait le tout des agressions de l'extérieur.

Lorsque le groupe pénétra dans l'enceinte de bois, des hommes et des femmes se précipitèrent à sa rencontre. Blade vit deux des femmes fondre en larmes en voyant les corps des deux sauvages qu'il avait tués. Le chef expliqua à la cantonade qu'ils avaient attrapé le compagnon de la « femelle d'En-Haut » mais que celui-ci avait réussi à tuer deux des leurs. Blade se raidit en prévision des coups qui n'allaient sûrement pas tarder à pleuvoir sur lui mais rien ne se produisit car le chef interdit à quiconque de s'approcher de lui.

Les deux cadavres furent déposés à terre puis le chef ordonna que Blade soit transporté dans une cabane sans fenêtres située presque contre l'enceinte. Une des deux femmes qui avaient pleuré les morts réussit à s'approcher de lui et à lui cracher au visage avant qu'un des guerriers ne la repousse d'une gifle retentissante. Parvenu devant la lourde porte de la cabane, Blade fut déposé à terre et un des porteurs trancha ses liens pendant que l'autre l'immobilisait avec la pointe de sa lance posée sur sa gorge. Puis un autre homme ouvrit la porte et Blade fut poussé à coups de pied dans une pièce noire au sol de terre battue.

— Ton complice ne nous a pas échappé longtemps, vermine ! lança l'homme en refermant la porte dans un claquement sourd.

***

Les yeux de Blade mirent quelques instants à s'habituer aux ténèbres. Il distingua bientôt une forme accroupie dans un des angles de la cabane et devina qu'il avait devant lui la fameuse habitante de l'autre face du satellite. Il fit quelques pas dans sa direction. Tout à coup, un gémissement l'arrêta.

— N'ayez pas peur, dit Blade à voix basse dans le dialecte des sauvages.

Il y eut un autre gémissement puis la fille parla :

— Ne me faites pas mal, je vous en supplie, ne me faites pas mal !

Immédiatement l'étrange pouvoir de comprendre toutes les langues des Dimensions X joua dans le cerveau de Blade et c'est dans son langage qu'il répondit à la fille « d'en-haut ».

— Je ne suis pas là pour te faire du mal... Je

suis aussi leur prisonnier. Comment t'appelles-tu ?

— Trudi, répondit la fille après un court silence plein d'hésitation.

— Ils disent que tu viens de la terre du haut et ils croient que j'ai fait le voyage avec toi...

Il s'était rapproché de la fille jusqu'à la toucher et vit malgré le noir qu'elle était très jeune. Il s'aperçut aussi qu'elle était entièrement nue et qu'elle avait été torturée. Des plaies couvraient son corps recroquevillé. Elle leva les yeux vers lui.

— Tu n'es pas d'ici... fit-elle à voix basse. Je le vois malgré les ténèbres. Et puis, tu parles notre langue !

— Je parle ta langue mais je ne suis pas de ton pays, fit prudemment Blade. Ni d'ici, en effet. Mais peu importe d'où je peux venir : il faut nous en aller d'ici !

La fille eut un faible haussement d'épaules.

— C'est impossible.

— Comment es-tu venue de ce côté du satellite ?

— Du satellite ? Ah c'est le nom que tu donnes à Iletrois... Avec un petit engin volant. Le seul que nous ayons pu remettre en marche. Mais Sally a fait une fausse manœuvre à l'atterrissage et nous nous sommes écrasées dans la jungle. Sally est blessée et j'étais partie chercher du secours quand je suis tombée sur ces monstres ! Cela fait deux jours qu'ils me torturent pour savoir où est notre engin, mais j'ai tenu bon...

Un sanglot l'empêcha d'aller plus loin. Blade était sidéré. Non pas par l'histoire de l'avion qui avait traversé les six kilomètres d'air du satellite mais par les noms qu'il venait d'entendre : Trudi, Sally et... Iletrois (Ile 3 !). Et puis, il venait de se rendre compte que les deux langages qu'il entendait depuis son arrivée n'étaient en fait que deux variantes déformées de l'anglais !

Il avait été tellement sonné par les sauvages que son cerveau n'avait pas fait tout de suite le rapprochement... Et un frisson d'angoisse le transperça soudain : et si cette DX n'était en fait que le futur de son propre monde ? Un futur où une catastrophe mystérieuse avait provoqué l'abandon des colonies spatiales ? Une guerre planétaire ?

## CHAPITRE IV

Blade resta un court instant perdu dans ses pensées puis vint s'asseoir auprès de la jeune fille. La simple idée d'avoir été envoyé dans le futur dévasté de sa propre Dimension lui donnait la chair de poule. Mais ce pouvait être aussi un univers parallèle au sien, avec quelques différences mineures seulement. Et un seul de ces détails pouvait faire que la guerre — car ce devait bien être *ça* — qui avait éclaté sur cette Terre-ci pourrait être épargnée à son monde à lui...

— Où est l'engin volant qui vous a amenées, toi et Sally ? demanda Blade à voix basse.

La jeune fille le lui expliqua rapidement et il s'aperçut que l'avion « d'en-haut » était tombé juste de l'autre côté du marais, ce qui expliquait l'arrivée des guerriers et sa capture par eux. Trudi avait dû laisser passer quelques renseignements sous la torture. Très peu en fait, puisque les sauvages ne savaient même pas que c'était une femme et non un homme qui accompagnait la jeune fille.

Trudi se pelotonna contre Blade qui lui passa le bras autour des épaules.

— Je ne reverrai jamais les miens, dit-elle tout à coup d'une voix cassée.

— Tant qu'il y a de la vie... fit Blade sur un ton faussement enjoué.

La jeune fille se serra encore plus contre lui. Sentir ce corps chaud qui demandait protection éveilla en lui des désirs qu'il essaya de réprimer. L'heure était grave et les plaisirs de la chair n'avaient pas leur place ici. Pourtant, les avances de Trudi se firent plus précises et Blade commença à avoir de la pleine à lutter contre lui-même.

— Il n'y a pas d'homme comme toi chez moi, dit la jeune fille en passant une main hésitante sur sa poitrine et sur ses bras musclés.

— N'exagérons rien...

— Je t'assure que c'est vrai ! Et puis, il y en a si peu !

La réflexion intrigua Blade mais il n'y fit pas plus attention.

— Nous allons nous tirer de là, Trudi, dit-il. Et nous essayerons de retrouver l'avion et Sally pour retourner chez toi.

Trudi ne répondit rien mais sa main quitta la

poitrine de Blade pour descendre vers son ventre. Quand elle atteignit le membre déjà dressé, Blade décida de laisser suivre leur cours aux choses et il se pencha vers la jeune fille pour l'embrasser légèrement.

Celle-ci lui répondit par un baiser fougueux et plaqua Blade sur le sol humide. Elle se mit à cheval sur lui presque tout de suite et s'empala d'un coup. Elle jouit très vite, comme si elle avait peur que quelqu'un surgisse dans la geôle pour les surprendre. Blade la laissa faire sans parvenir à trouver du plaisir. Trudi finit par s'en apercevoir et arrêta son mouvement de va-et-vient.

— Pardonne-moi, souffla-t-elle. J'en avais tellement besoin après... ces horreurs.

— Je comprends, répondit Blade en la prenant dans ses bras.

Un moment plus tard, il la repoussa doucement et entreprit de faire le tour de la cabane plongée dans la pénombre. A part un trou puant destiné aux besoins naturels et un grand bol d'eau croupie, Blade ne trouva rien : leur prison était un vrai piège d'où il semblait effectivement impossible de s'échapper. Le mieux était donc d'attendre de voir comment allaient tourner les événements. Blade revint s'asseoir à côté de la jeune fille qui l'avait suivi des yeux sans rien dire pendant sa brève exploration des lieux.

— Reposons-nous, lui dit-il. Ils vont bien finir par s'occuper de nous et c'est là qu'il faudra être en forme !

⁂

Les sauvages restèrent invisibles jusqu'à la fin de la journée ce qui permit aux deux prisonniers de reprendre des forces. Quand la porte de la cabane s'ouvrit à la volée, la nuit avait pris possession de l'énorme satellite artificiel. Trudi poussa un cri en voyant pénétrer l'escouade d'hommes armés. Malgré les ténèbres, Blade reconnut à leur tête le chef de la petite troupe qui s'était emparé de lui le matin même.

Celui-ci fit signe à quatre de ses hommes qui se précipitèrent sur Blade et Trudi et leur lièrent les mains dans le dos. Puis ces derniers furent poussés à l'extérieur de la cabane.

Une intense agitation régnait dans le village. Des torches avaient été allumées à intervalles réguliers le long de l'enceinte en rondins et éclairaient la petite place centrale d'une lueur mouvante. Tous les habitants — guère plus d'une centaine — y étaient réunis à l'exception des enfants. Au premier coup d'œil, Blade vit que beaucoup étaient ivres et un mauvais pressentiment s'insinua en lui.

Un concert de hurlements s'éleva à leur apparition puis le chef imposa le silence. Trudi regarda Blade avec terreur et celui-ci ne trouva rien à lui dire pour la réconforter car il venait lui aussi d'apercevoir les deux poteaux qui se dressaient à côté d'un grand trou rempli de charbons ardents et traversé par ce qui était de toute évidence quatre broches énormes !

A cet instant, Blade fut séparé de la jeune fille et conduit à l'un des poteaux auquel il fut immédiatement attaché par les bras. Trudi hurla d'épouvante mais son cri s'arrêta net quand le chef abattit son poing sur sa bouche.

— Ça suffit, vermine tombée du ciel ! jeta le chef.

Les cris des sauvages qui avaient repris un instant cessèrent à nouveau. Le chef se tourna alors vers eux tout en montrant la jeune fille. Blade remarqua qu'il avait le corps recouvert de larges bandes claires et que son visage était recouvert d'un maquillage grossier qui lui donnait l'allure d'un démon sous les feux changeants des grandes torches.

— Cette femelle est un démon venu semer le mensonge parmi nous ! continua-t-il.

Trudi essaya d'échapper aux deux hommes

qui la maintenaient entre eux, provoquant la colère du chef qui la frappa à nouveau.

— Elle dit être venue d'En-Haut et moi, Skeggs, qui suis votre chef, je vous dis que ce sont des mensonges ! Cette femelle va payer de sa vie ses insultes !

Blade ferma les yeux. Un grondement d'approbation monta de la foule qui s'était massée en face de Skeggs et semblait l'avoir totalement oublié. Trudi s'était effondrée entre ses gardiens. Le chef s'approcha d'elle et la força à relever la tête.

— Cette chienne va se rendre utile avant de mourir, hurla-t-il. Allez !

Les deux hommes qui tenaient Trudi obéirent instantanément et conduisirent la jeune femme vers une table grossière où ils l'attachèrent solidement les bras en croix. Blade avait rouvert les yeux et suivait la scène. Quand il vit la façon dont Trudi était allongée sur la table — le bassin sur le rebord du plateau — il devina sur-le-champ ce qui allait ce passer ensuite.

Le chef tourna autour de la table comme un vautour guettant sa proie. Puis sa main droite commença à caresser le corps couvert de cicatrices. Trudi battit faiblement des jambes et se mit à gémir de terreur. Sa réaction parut exciter Skeggs dont les caresses se transformèrent en gifles et en coups. Quand il écarta brutalement les cuisses de la jeune femme, son membre se tendit d'un coup et il la pénétra sous les ovations de ses hommes grisés par l'alcool. Trudi sombra dans l'inconscience au moment où il se répandit en elle.

Une fois que Skeggs se fut retiré après avoir avalé d'un trait un bol d'alcool, trois guerriers défirent les liens de la jeune femme et la transportèrent, toujours inerte, vers le second poteau. Là, un seau d'eau la ramena à la vie.

La fureur éclata en Blade devant cette barbarie mais ses liens ne bougèrent pas d'un millimètre et il fut contraint de continuer à assister, impuissant, à cette débauche de bestialité. La suite des événements confirma rapidement ses soupçons sur les mœurs des sauvages qui s'étaient emparés de lui.

Skeggs but encore un bol et hurla un ordre acompagné d'un torrent de jurons et la petite foule se sépara tant bien que mal en deux groupes pour laisser passer quatre femmes nues portant une grosse civière faite de branchages sur laquelle deux corps étaient allongés. Blade reconnut tout de suite les deux guerriers qu'il avait tués.

Les quatre porteuses s'avancèrent jusque devant la fosse pleine de braises et de charbon et déposèrent leur fardeau à quelques mètres seulement de Blade qui commença à être insulté. Skeggs réapparut alors dans son champ de vision avec son propre couteau à la main. Les femmes rejoignirent le reste de la foule et un silence incertain s'installa soudain sur le village. Le chef s'arrêta aux pieds des deux corps et sembla se recueillir l'espace d'une minute.

Un homme recouvert d'une cape et d'un capuchon noirs s'avança soudain entre les deux groupes de spectateurs avinés, portant deux grosses boîtes métalliques qu'il déposa de chaque côté de Skeggs après les avoir ouvertes. Le chef parut alors sortir de sa méditation et, sans un regard pour l'homme à la cape, il s'accroupit entre les jambes déjà raidies du cadavre de droite. D'un coup de couteau rapide comme l'éclair, il lui coupa le sexe et les testicules qu'il déposa ensuite dans la boîte la plus proche. Il se releva et opéra de la même façon sur le second cadavre.

Puis, il fit un geste et un guerrier lui apporta une hachette. Skeggs l'empoigna sans un mot et se dirigea vers la tête du corps de droite. Blade eut l'estomac révulsé en voyant la lame de métal entailler le crâne du guerrier mort et le découper jusqu'à ce que la cervelle soit mise à nu. L'homme à la cape apporta alors la première boîte et le cerveau dégoulinant alla rejoindre le sexe tranché du guerrier mort.

Blade ne put supporter la vue du chef en train de s'attaquer au second cadavre et détourna les yeux. Trudi était blanche comme un linge et semblait littéralement hypnotisée par le spectacle macabre qui se déroulait devant elle. Elle faillit s'évanouir à nouveau lorsque Skeggs arracha les yeux et les cœurs des défunts pour les mettre également dans les boîtes. Cette dernière boucherie mit un terme à l'abominable rite funèbre et l'homme à la cape repartit avec ses deux récipients en direction d'une construction basse située près de l'entrée de l'enceinte. Dès qu'il y pénétra, une ovation jaillit de toutes les bouches et la fête reprit subitement son plein.

Des sauvages allèrent retirer deux des broches énormes d'au-dessus de la fosse brûlante et les amenèrent auprès des cadavres qui avaient été décapités entre-temps. Skeggs regarda sans mot dire les barres de fer pointues s'enfoncer entre les jambes des morts et ressortir ensuite par la plaie béante de leur gorge tranchée.

Quelques instants plus tard, les deux corps étaient en train de rôtir au-dessus des charbons ardents.

C'est alors que l'attention de Skeggs, de plus en plus sous l'effet de l'alcool, se reporta sur les deux prisonniers ligotés à leurs poteaux.

## CHAPITRE V

Comme s'ils avaient reçu un ordre muet, un petit groupe d'hommes vint apporter ce qui était de toute évidence un gril à charbon de bois devant le poteau où Trudi était attachée. Une grille noircie était posée à même la couche de charbons incandescents. Skeggs attendit un petit peu avant de se planter face à la jeune femme. Le vin avait coulé le long de ses joues et une partie de ses peintures faciales s'étaient diluées avec, formant un nouveau masque qui n'avait rien à envier au précédent... La méchanceté qui se lisait dans les yeux du chef donna froid dans le dos à Blade dont les narines commençaient à être envahies par l'odeur des deux cadavres en train de cuire au-dessus de la fosse. Trudi, elle, fixait d'un regard dément le couteau que Skeggs tenait dans sa main droite.

— Ce soir, tu vas être à moi ! grommela

celui-ci en lui piquant un sein du bout de la lame. Mais on va s'amuser un peu avant...

Blade essaya de desserrer ses liens mais ceux-ci ne bougèrent pas d'un cheveu. Il savait que s'il ne trouvait pas une solution pour s'évader dans l'heure qui venait, son corps décapité irait rejoindre ceux des deux guerriers pour faire ensuite les frais de la partie culinaire de la fête. Mais que faire ?

A ses côtés, Trudi prenait petit à petit conscience de l'horreur qui se déchaînait autour d'elle. Les cannibales sombraient à grand train dans une ivresse de plus en plus teintée de démence collective. Certains gisaient déjà à terre, à moitié inconscients, pendant que des couples se vautraient dans les coins, sous la lueur incertaine des torches. Seul Skeggs paraissait encore se rendre compte de la présence des deux prisonniers, ou plutôt de celle de Trudi dont il venait de rouvrir une des cicatrices d'un coup de couteau sec.

La jeune femme n'avait même plus assez de force en elle pour hurler. Elle n'émit qu'un bref gémissement lorsque le chef s'agenouilla devant elle et se mit à lui entailler la cheville droite. Un flot de sang jaillit de la blessure. Trudi tenta de remuer le pied. Sans succès. La lame continua à explorer les chairs et la jeune femme poussa un long cri d'agonie qui s'arrêta net quand Skeggs sépara le pied du reste du corps. La jambe gauche subit rapidement le même sort et Trudi perdit une nouvelle fois conscience.

Skeggs ne sembla s'en formaliser et s'attaqua bientôt aux deux mains liées dans le dos de Trudi après lui avoir passé une lanière autour du cou afin de l'empêcher de s'effondrer le long du poteau de torture. Le couteau s'abattit à plusieurs reprises et les deux mains furent rapidement sectionnées et rejoignirent les pieds sanglants sur le sol de terre battue. Les liens glissèrent des poignets mutilés et Trudi se trouva retenue uniquement pas la lanière serrant son cou. Elle eut alors la respiration coupée et le manque d'air la reveilla d'un coup, à la grande joie de Skeggs qui éclata de rire tout en avalant un autre bol d'alcool. Il avait posé le couteau sur la grille quelques instants auparavant. Il s'empara alors à nouveau de son arme et appliqua méthodiquement la lame chauffée au rouge sur les plaies sanguinolentes pour stopper les débuts d'hémorragie qui risquaient de vider la jeune fille de son sang en quelques minutes seulement. Trudi ouvrit la bouche mais aucun son n'en sortit.

Blade eut un haut-le-cœur et faillit vomir en voyant cette abomination contre laquelle il ne pouvait rien faire. Skeggs s'en aperçut et éclata une nouvelle fois de rire. Le vin l'avait transformé en un démon malfaisant uniquement tourné vers le mal et la souffrance. Il fit un pas vers Blade et lui cracha au visage.

— Je te jure que tu paieras tout ça ! gronda Blade. Fais-moi confiance !

Un hurlement de rire lui répondit. Skeggs leva son couteau et l'abattit sur le sein droit de Trudi qui se redressa d'un coup sous l'effet de la douleur. Une large portion du sein se retrouva en train de pendre sur son ventre. Skeggs donna un autre coup de couteau et le morceau de chair sanglante tomba sur le sol. Le chef des sauvages le ramassa et le déposa sur la grille chauffée au rouge où il commença à cuire avec des grésillements.

— Tu vas voir comment je traite ceux qui mentent ! gronda-t-il. Il n'y a personne En-Haut. Personne ! C'est le royaume des démons et vous ne seriez pas là si vous en étiez !

A cet instant, Skeggs piqua le morceau de sein avec son couteau et obligea Trudi à ouvrir la bouche en lui pinçant le nez. A bout de souffle, la jeune femme mutilée finit par desserrer les dents et le chef des cannibales lui inséra un morceau de sa propre chair dans la bouche. Blade se demanda comment elle pouvait endurer un tel supplice sans hurler à la mort. Sans paraître s'en rendre compte, Trudi mâcha deux ou trois fois le bout de chair à peine grillé puis son estomac se révolta et elle vomit sur Skeggs. Celui-ci fut pris d'un accès de fureur éthylique et planta son couteau dans la poitrine sanglante de Trudi. Plusieurs fois, jusqu'à ce que toute vie ait quitté la jeune femme.

Autour de Blade, l'orgie battait son plein maintenant. Un des deux guerriers avait déjà été retiré de sa broche et une vingtaine de personnes nues et ivres mortes se battaient presque pour le dépecer. Il régnait une atmosphère de démence dans le village éclairé par les torches. L'amour, la mort et l'anthropophagie se mêlaient en un ballet dantesque sous les yeux obscurcis par la rage de Blade.

Maintenant, tout son esprit était tendu vers Skeggs qui ne quittait plus des yeux le corps inerte et martyrisé de Trudi dont la poitrine était recouverte d'un flot de sang. Soudain le chef parut se souvenir de la présence de Blade. Il se tourna lentement vers lui. Son regard commençait à se voiler et sa démarche apparut incertaine lorsqu'il s'approcha de son prisonnier.

— Je vais te tuer, souffla Blade.

L'autre éclata de rire et faillit tomber à la renverse au milieu du gril chauffé à blanc.

— Me tuer ? Je vais faire frire tes testicules devant toi ! Et puis je les mangerai et...

Skeggs se précipita contre Blade, le couteau à la main. Il se pencha devant lui et la lame se posa à la base de son sexe.

Blade ne réfléchit pas. Il se jeta de toutes ses forces en avant, au risque de se démettre les épaules, et planta ses dents dans la nuque de Skeggs. Le chef poussa un grognement bestial de douleur et le couteau faillit lui échapper des mains. La prise de Blade se resserra un peu plus et ses dents atteignirent les os de la nuque. Skeggs comprit alors qu'il mourrait sur le champ s'il mettait sa menace à exécution. Normalement, il n'aurait eu aucun mal à se débarrasser de Blade mais l'alcool lui avait ôté la plus grande partie de ses forces.

La sueur perlait sur le front de Blade. Malgré sa prise et le sang qui commençait à lui envahir la bouche il parvint à marmonner un ordre à Skeggs. Il dut s'y prendre à plusieurs reprises pour que le cannibale obéisse et coupe les liens qui retenaient les bras de son prisonnier. Dès qu'il sentit ses poignets se libérer, Blade saisit Skeggs par les cheveux, relâcha sa prise sur la nuque et appuya son autre main entre les omoplates. Puis, d'un coup sec, il rabattit la tête du chef vers l'arrière. La colonne vertébrale cassa avec un bruit sourd et Skeggs s'effondra par terre. Blade ne perdit pas de temps. Il ramassa le couteau et coupa les liens de ses pieds.

Il était libre.

# CHAPITRE VI

Blade s'empara de la hache en tôle d'un homme occupé à sodomiser une femme à quelques mètres des poteaux d'exécution et se prépara à traverser la petite place envahie par l'orgie et les odeurs de chair humaine grillée.

Presque tout de suite, il fut aperçu par deux sauvages moins saouls que les autres qui se jetèrent sur lui. Malheureusement pour eux, les réflexes de Blade semblaient avoir été décuplés par la haine que lui inspiraient les ignobles meurtriers de Trudi et la hache n'eut besoin que de tournoyer deux fois pour les expédier *ad patres*.

Personne d'autre n'essaya d'arrêter Blade après cette brève escarmouche, tout au moins jusqu'à la porte de l'enceinte. Là, Blade tomba nez à nez avec l'homme à la cape noire qui avait recueilli les organes des deux guerriers morts. Il s'arrêta à un mètre de l'étrange individu, la hache déjà prête à frapper.

— Si tous les soldats d'En-Haut sont comme toi, fit l'homme sans se démonter, nous ne ferons pas long feu si vous vous décidez à venir nous attaquer...

Blade rabaissa son arme.

— Qui es-tu? demanda-t-il sur un ton sec après avoir jeté un coup d'œil derrière lui pour s'assurer que personne n'allait lui sauter dessus.

L'autre tira son capuchon en arrière, dévoilant un visage en lame de couteau au milieu duquel était planté un nez en bec d'aigle. Des sourcils broussailleux abritaient des yeux noirs dont le regard traversa ceux de Blade comme la pointe d'une rapière. Les lèvres fines et les cheveux noirs tombant jusqu'aux épaules achevaient de poser une touche de dureté sur le tableau du visage.

— Je m'appelle Waldron, répondit enfin l'homme. Et Skeggs a bien mérité son sort...

L'étonnement se lut dans les yeux de Blade.

— Je suis le Gardien des Esprits, continua Waldron. Mon rôle est de veiller sur nos morts mais cela ne m'empêche pas d'observer les vivants et de constater que nous nous enfonçons dans la barbarie la plus infâme.

— Il me semble que la... religion que tu

représentes y est pour beaucoup, non? fit Blade.

Son interlocuteur haussa les épaules.

— Le culte des morts n'a jamais été un obstacle à la civilisation ! Mais que puis-je faire contre la décadence, seul contre une communauté entière, même si celle-ci me respecte ?

Blade allait répondre quand un bruit de pas le fit se retourner. Il aperçut alors un homme qui s'approchait d'eux, une lance à la main.

— Ça va, Tamya, jeta Waldron. Il faut le laisser partir.

Le regard de Blade revint se poser sur l'homme à la cape.

— Si les autres se rendent compte de ce que tu es en train de faire, je ne donne pas cher de ta peau, dit-il à Waldron.

— Je crois qu'aucun d'entre eux ne fait réellement attention à nous. Et puis, je te rappelle que je suis intouchable...

— A part ce Tamya, combien as-tu d'hommes derrière toi? questionna soudain Blade.

Waldron eut un sourire bref.

— Bien peu en vérité. Une dizaine tout au plus qui ont prétexté une patrouille lointaine pour échapper à la petite fête de ce soir.

Blade se rapprocha du Gardien des Esprits. Il

pouvait presque sentir son souffle tant il était près de lui.

— On ne fait jamais rien pour rien, dit-il. Si tu me laisses quitter cet enfer, que veux-tu en échange ?

Waldron le dévisagea un instant avant de répondre.

— Je veux seulement que si les dieux décident de t'aider à retourner chez toi (il montra le ciel du doigt) tu te souviennes qu'il y a ici des hommes qui voudraient que les choses changent.

Blade faillit lui avouer la vérité mais se retint juste à temps.

— Je n'ai pas beaucoup de pouvoir... chez moi, mais je ferai mon possible. Alors, fais en sorte que *tes* dieux aident les miens, Gardien des Esprits !

Waldron s'inclina légèrement puis rabattit son capuchon sur son visage.

— La route est libre devant toi, homme dont j'ignore jusqu'au nom.

Blade le dépassa et marcha jusqu'à être en dehors de l'enceinte, à quelques mètres seulement de la jungle touffue. Là, il se retourna et regarda une dernière fois Waldron.

— Sache que Richard Blade tient toujours ses promesses, Gardien des Esprits. Skeggs vient d'en faire l'expérience !

— Alors, bonne chance, Richard Blade, répliqua Waldron en se détournant pour rejoindre Tamya qui n'avait pas bougé.

*
**

Blade s'enfonça rapidement dans l'épaisse végétation. Les étoiles qui piquetaient les portions de ciel dévoilées par les deux immenses surfaces transparentes de l'île de l'espace disparurent de son champ de vision et il ressentit brièvement une sensation d'oppression qui ne disparut que lorsque son esprit se tourna entièrement vers le problème de l'orientation. Tout en marchant avec difficulté en raison des branches et des buissons qui ne cessaient de lui couper la route, il regretta n'avoir pas posé à Waldron la question qui lui brûlait l'esprit depuis son arrivée à l'intérieur du gigantesque satellite : qu'est-ce qui s'était passé sur Terre ? Mais d'un autre côté, il avait peut-être bien fait de s'abstenir d'être trop curieux car le Gardien des Esprits aurait sûrement deviné qu'il y avait quelque chose de louche.

Par bonheur, Blade ne rencontra personne durant sa lente progression nocturne et il finit par se retrouver sur les berges instables du marais où il était tombé à son arrivée. Il en fit péniblement le tour et lorsque les premiers rayons du soleil commencèrent à clignoter au-dessus de lui, il s'était enfoncé à nouveau sous les arbres.

Il tomba sur l'avion venu d'En-Haut moins d'une demi-heure plus tard. Skeggs avait manqué de bien peu l'épave qu'il recherchait...

## CHAPITRE VII

L'avion était un bizarre petit appareil qu'on aurait dit dérivé des ULM de la Terre. Il gisait coincé entre deux arbres, le nez planté dans un fourré. Blade ne s'attarda pas à le détailler et préféra se mettre immédiatement à la recherche de Sally, la compagne de l'infortunée Trudi.

Il n'eut pas besoin de chercher longtemps pour la trouver : elle était allongée à une dizaine de mètres de l'appareil, abritée sous une petite voûte de végétation. Elle ne bougea pas quand Blade s'agenouilla à ses côtés et celui-ci vit avec soulagement que la poitrine de la jeune femme blonde se soulevait régulièrement. Ses longs cheveux formaient une couronne irrégulière autour de sa tête et la souffrance se lisait sur son visage aux traits fins mais volontaires. Elle était vêtue d'une sorte de combinaison de toile assez grossière gris souris. Blade chercha des yeux la blessure. Il vit presque tout de suite le renflement suspect au niveau du tibia droit. Il releva doucement le bas de la jambe de la combinaison et découvrit les chairs violacées recouvrant la fracture. A ce moment-là, la douleur dut réveiller Sally car elle ouvrit soudain les yeux et poussa un petit cri de surprise en voyant cet homme brun et musclé qui était penché sur elle. Quand elle s'aperçut qu'il était entièrement nu, elle eut un bref haut-le-corps.

— Ne crains rien, souffla Blade en essayant de dissimuler sa gêne. Je suis un ami de Trudi.

Sally le dévisagea une seconde et lut dans ses yeux qu'il disait la vérité.

— Où est Trudi ? finit-elle par articuler avec difficulté.

Blade décida de lui dire la vérité tout de suite.

— Elle est morte.

Sally le fixa sans comprendre.

— Il y a une tribu de sauvages à quelques heures de marche d'ici. Ils l'ont tuée quand elle leur a demandé du secours... ajouta-t-il sans s'étendre plus sur le meurtre odieux perpétré par Skeggs.

La jeune femme ferma ses yeux bleus et des larmes apparurent aux coins de ses paupières.

— Et toi, qui es-tu ? lui demanda-t-elle au bout d'un instant.

— Un naufragé, comme toi. Je m'appelle Richard Blade. Comment te sens-tu ?

Sally se redressa sur les coudes. La mort de Trudi semblait l'avoir frappée de plein fouet.

— Trudi était ma compagne, fit-elle comme si elle avait lu la question sur le visage de Blade envahi par la barbe. Ma jambe me fait très mal. Je ne peux plus marcher.

Blade se leva sans rien dire et alla couper trois petites branches les plus droites possible. Puis il découpa le bas de la jambe de la combinaison jusqu'à obtenir quatre lanières de tissu. Il s'agenouilla ensuite aux pieds de Sally.

— Cela va te faire mal. Attention !

Avant que Sally ait eu le temps de répondre, Blade lui empoigna le tibia et remit d'un coup sec l'os en place. La jeune femme poussa un hurlement de douleur.

— C'est tout ce que je peux faire pour le moment, dit Blade en posant les attelles autour du membre blessé.

***

Blade redescendit de l'arbre dont il venait de faire l'ascension pour observer les alentours.

— Il y a un espace dégagé d'une centaine de mètres tout près d'ici, dit-il à Sally qui avait quitté son abri précaire pour s'asseoir auprès de l'avion. Si je parviens à réparer cet engin, nous avons une petite chance de pouvoir repartir. A condition que j'arrive à le traîner jusque là-bas, bien sûr...

— C'est la première fois que je vois un homme comme toi, fit Sally en guise de réponse.

Blade la regarda d'un air étonné. Trudi lui avait déjà fait cette réflexion dans la prison des anthropophages. Que pouvaient bien avoir de moins que lui les mâles d'En-Haut ?

— Merci du compliment.

Il s'approcha de l'avion et entreprit de le dégager en coupant les branches basses qui le retenaient. L'opération lui prit une bonne heure et il remercia le ciel que l'appareil ait été construit dans un alliage ultra-léger. Finalement, le petit avion se retrouva sur ses trois roues. Blade en fit rapidement le tour : l'aile delta n'avait pas été abîmée par la chute dans les arbres, ce qui tenait véritablement du miracle. Quant à la structure, elle était un peu tordue à l'avant mais les commandes étaient intactes. Restait le moteur.

Les îles de l'espace étant des univers fermés, tout moteur à explosion y était interdit, car les gaz d'échappement auraient fini par polluer l'atmosphère au fil des ans. L'avion était donc équipé d'un moteur électrique assez puissant pour le propulser dans des conditions de vol bien moins dures que celles de la Terre puisque la gravité devenait nulle à trois kilomètres à peine du sol, le long de l'axe théorique de l'énorme cylindre tournant sur lui-même dans l'espace.

Blade raccorda par un moyen de fortune les fils qu'une branche avait arrachés entre le moteur et la batterie (visiblement bien supérieure en légèreté et en puissance à toutes celles qu'il avait connue sur Terre, même parmi les appareillages secrets des services de renseignements) puis fit un essai. Le moteur repartit immédiatement avec un bourdonnement sourd.

Blade se rendit alors compte que Sally le regardait avec une expression de profonde stupéfaction peinte sur le visage.

— Ça a l'air de t'étonner... fit-il.

— Nous avons mis des mois pour faire ce que tu viens de réaliser en quelques minutes ! Et tu voudrais que je ne sois pas étonnée !

— Mais alors... cet avion est le seul que vous ayez là-haut ?

Sally acquiesça d'un hochement de la tête.

— Les autres étaient trop abîmés pour pouvoir voler. Cela fait tant d'années que personne ne s'en est plus servi...

Blade faillit à nouveau poser la question qui lui brûlait le cerveau. Mais comme c'était le cas avec le Gardien des Esprits, trop de précipitation à vouloir dévoiler qu'il était totalement étranger à cet univers aurait pu lui nuire et il resta silencieux. Il pria à nouveau pour que cette île de l'espace n'appartienne pas à son futur à lui.

La faim se fit insupportable assez rapidement. Blade essaya d'attraper un quelconque animal mais revint bredouille. Les deux naufragés durent donc se contenter de mâcher des feuilles qui furent bien dures à avaler... Blade se reposa un moment puis entreprit d'ouvrir un chemin à l'avion jusqu'à l'espace libre qu'il avait repéré.

L'alignement régulier des arbres — supérieur à l'envergure du petit appareil — lui facilita grandement la tâche. Mais il dut quand même se battre comme un damné jusqu'à la nuit pour tailler une saignée assez large à coups de hache dans la végétation plutôt dense. Quand il atteignit ce qui devait être le terrain de décollage, il était épuisé. Il revint vers Sally et l'avion et s'allongea sur le sol, la gorge sèche. Il trouva un peu plus tard assez de force pour aller chercher de l'eau au marais et ils firent un autre repas à base de feuilles.

Blade s'endormit ensuite en priant pour que les cannibales n'aient pas la mauvaise idée de se lancer à leur recherche. Encore que la mort de leur chef devait leur occuper suffisamment l'esprit en ce moment pour qu'ils ne pensent pas à autre chose...

Il dormait d'un sommeil déjà profond quand Sally vint se lover contre lui après avoir longuement hésité à le faire.

*
**

Dès l'apparition des premiers rayons de soleil, Blade se leva et commença à tirer tant bien que mal le petit avion biplace au travers de la trouée creusée la veille. Parcourir les cent cinquante mètres jusqu'au champ prit des heures car les roues ne cessaient de s'enfoncer dans le sol instable et les ailes et les haubans s'accrochaient constamment aux branches. Mais la persévérance de Blade finit par avoir raison des obstacles et le matin était à peine entamé quand l'appareil surgit enfin à l'air libre.

Par bonheur, le sol de ce qui avait dû être à l'origine une piste quelconque était encore assez dur et suffisamment plat pour permettre à l'avion de rouler. Des herbes avaient poussé en de très nombreux endroits. Blade fit rapidement un aller et retour jusqu'au bout de l'espace dégagé pour vérifier si rien n'allait entraver le décollage puis il retourna vers Sally après avoir testé le moteur.

Ce fut à son arrivée vers les bords du marais qu'il entendit approcher les cannibales. Il but rapidement quelques gorgées d'eau et remplit la coque d'un fruit sec pour Sally avant de revenir à toutes jambes vers elle.

— Vite ! jeta-t-il dès qu'elle eut bu. Dans dix minutes ils sont là !

Malgré sa fatigue, Blade prit la jeune femme dans ses bras et se précipita vers sa piste de décollage improvisée.

Il attacha Sally au siège de gauche et lança le moteur électrique avant de s'installer aux commandes. Un cri le fit regarder en direction de la trouée qu'il avait pratiquée dans le rideau de végétation et il vit surgir trois des hommes de Skeggs.

Face au danger, Blade n'hésita plus et poussa le moteur à fond après avoir lâché les freins. Le petit avion à aile delta commença à s'ébrouer entre les herbes, comme un gros coléoptère essayant de s'arracher au sol. Les mètres de piste incertaine se mirent à défiler sous les pieds de Blade et de Sally. Un des cannibales jeta sa lance quand ils passèrent en cahotant devant lui mais l'arme les manqua de plusieurs mètres.

A mi-parcours, l'avion était toujours plaqué au sol. Les roues commencèrent à quitter celui-ci par à-coups puis plus régulièrement vers les deux tiers de la piste. Blade attendit un bond plus important pour tirer sur le manche à balai. L'avion se cabra et s'éloigna un peu du sol avant de redescendre. Maintenant le rideau d'arbres n'était plus qu'à quelques dizaines de mètres devant eux. Sally cacha ses yeux derrière ses mains en prévision du choc qui lui apparaissait inévitable.

— Décolle, Bon Dieu ! gronda Blade en tirant de toutes ses forces sur le manche.

Le petit avion prit subitement de l'altitude. Blade vit la cime des arbres se jeter à leur rencontre et il ferma les yeux lorsque les roues arrière touchèrent le faîte du plus bas d'entre eux. L'avion fut déséquilibré une seconde mais Blade réussit à le redresser à temps.

— Nous rentrons chez toi ! fit celui-ci avec un sourire à Sally quand elle rouvrit les yeux.

***

Blade fit grimper le petit appareil en cercle. Au fur et à mesure qu'ils prenaient de l'altitude, l'immense île de l'espace étala sa splendeur autour d'eux. Durant une seconde, Blade fut saisi par l'énormité de la construction, par cette sensation inquiétante de voir l'horizon se relever comme une vague géante. Les parties transparentes semblaient ne pas exister face aux assauts de la lumière solaire qu'aucune atmosphère n'amoindrissait et on avait l'impression que l'espace tout entier allait déferler par ces ouvertures titanesques dans la coque de l'île spatiale.

Au bout de quelques centaines de mètres, le moteur parut prendre un second souffle en raison de la diminution sensible de la gravité. Pendant que le petit avion continuait son ascension vers le point de gravité zéro, Blade essaya de discerner les détails des deux extrémités du cylindre. Car c'était là qu'il lui faudrait aller bientôt pour tenter d'y trouver les centres de contrôle du satellite artificiel afin d'en savoir plus sur cet univers inquiétant.

Quand l'avion se retourna et commença à descendre vers ce qui était auparavant « l'En-Haut », la main de Sally se posa sur la cuisse nue de Blade.

## CHAPITRE VIII

Pendant la descente, Sally parut prendre conscience de la nudité de Blade. A l'aide du couteau de celui-ci, elle découpa rapidement le haut de sa combinaison, dévoilant ainsi des seins opulents mais fermes. Sur le coup, Blade ne comprit pas où elle voulait en venir. Il avait soudain bien du mal à piloter sereinement l'appareil et son trouble s'accentua grandement lorsqu'il sentit les mains de Sally passer le tissu sous ses fesses et autour de ses reins pour lui confectionner une sorte de slip primitif qu'elle attacha tant bien que mal grâce à la ceinture en toile de sa combinaison.

— La vue d'un homme nu, surtout comme toi, risquerait de poser des problèmes quand nous arriverons chez moi...

Blade eut un petit rire qui fut juste assez fort pour surmonter le bourdonnement du moteur et le bruit de l'air contre les haubans et l'aile delta.

— A voir ta tenue, tout le monde va croire que j'ai tenté de te violer en plein vol !

Sally lui lança un regard glacial qui le surprit par sa dureté.

— Sache que je me serais tuée si tu avais abusé de moi ! C'est la règle chez moi. Donc si je suis à tes côtés c'est qu'il n'y a rien de louche entre nous.

La réflexion désarçonna Blade qui préféra reporter son attention sur le pilotage de l'avion. Apparemment, ce n'était pas un problème pour Sally d'arriver chez elle la poitrine à l'air. Donc...

La jeune femme scruta le paysage qui se rapprochait à chaque minute un peu plus dans l'espoir de découvrir l'endroit d'où elle était partie avec Trudi. Finalement, elle tapota le bras de Blade et lui montra une mince bande de terrain dégagé et plat qui s'étendait comme une blessure grise dans un damier de champs cultivés cerné par des forêts visiblement moins denses que celle qu'ils venaient de quitter.

— C'est là ! cria-t-elle avec une nuance de soulagement dans la voix. Là !

— D'accord, répondit Blade en plongeant vers la piste.

*
**

L'avion avait dû être aperçu de loin car juste au moment où ses roues touchaient le sol, Blade aperçut des gens qui se précipitaient à leur rencontre. Quand le petit appareil s'immobilisa en bout de piste et qu'il eut coupé le moteur, Blade vit que tous les nouveaux arrivants étaient des femmes. Ce qui l'intrigua fortement, suite à toutes les réflexions bizarres que Trudi puis Sally lui avaient faites.

— Laisse-moi faire et ne dis rien, souffla Sally au moment de descendre de l'engin, soutenue par deux femmes qui s'étaient précipitées en voyant l'état de sa jambe.

Les autres femmes s'arrêtèrent en fronçant les sourcils quand elles virent que ce n'était pas Trudi mais un homme qui accompagnait Sally. La plupart montrèrent Blade du doigt avec un air étonné.

— Où est Trudi ? demanda une grande femme brune vêtue d'une longue robe rouge serrée à la taille par une ceinture noire. Et que t'est-il arrivé, Sally ? Et qui est ce mâle à moitié nu ?

— Je n'ai de compte à rendre qu'à la Maîtresse, répliqua Sally sur un ton sec. Et surtout pas à toi, Wanda... Viens, Richard Blade, suis-moi.

Blade fronça les sourcils et descendit de l'avion. Les deux femmes qui aidaient Sally à avancer écarquillèrent les yeux en le détaillant. La dénommée Wanda s'approcha alors de lui et voulut lui prendre sa hache mais Blade la repoussa fermement.

— Aucun mâle ne doit avoir d'arme ! gronda-t-elle.

Sally se retourna à demi pour intervenir mais Blade lui fit signe de se taire.

— J'aimerais qu'il soit clair que cette hache ne me quittera pas tant que nous n'aurons pas vu votre... Maîtresse. Me suis-je bien fait comprendre ?

Le regard de Blade était si décidé que Wanda n'insista pas. Mais un éclair de haine traversa ses yeux et il sut qu'il venait de se faire une ennemie mortelle.

Wanda se tourna vers Sally et dit d'un ton méprisant :

— Je croyais que les mâles ne t'intéressaient pas, Sally...

Celle-ci ne répondit rien et fit signe à ses aides d'aller vers l'avant.

Le voyage jusqu'à la communauté des amazones — car ce ne pouvait être que ça — fut très pénible pour Sally qui dut s'arrêter fréquemment pour reprendre son souffle. Le petit groupe traversa de nombreux champs où Blade fut loin de passer inaperçu. De son côté, celui-ci ne pouvait s'empêcher de remarquer la différence entre les tribus de sauvages anthropophages qui hantaient l'autre surface habitable de l'île de l'espace et la discipline militaire qui semblait régir la vie de cet univers de femmes.

La mentalité militariste des amazones se confirma dans l'agencement de la petite cité fortifiée où le groupe finit par pénétrer après deux bonnes heures de marche infernales pour la malheureuse Sally. Ici, les restes de la civilisation qui avait édifié le satellite étaient utilisés avec rigueur et on s'était de toute évidence évertué à les préserver : la plupart des habitations étaient visiblement des maisons installées du temps de la splendeur de l'île spatiale et les bâtiments — hauts parfois de plusieurs étages — ainsi que les murs d'enceinte qui avaient été édifiés par la suite démontraient une parfaite connaissance des techniques de construction.

Cependant, Blade n'aperçut aucune trace de machines ou de véhicules dans les rues de la cité. Sally lui avait dit qu'elle s'appelait Newport — encore un nom si terrien qu'il en eut froid dans le dos — et qu'elle était la plus grande des trois cités indépendantes qui gouvernaient cette partie d'Iletrois. Le centre de Newport était occupé par une grande place ronde au milieu de laquelle se dressait une sorte de tour d'une quarantaine de mètres de haut dont les murs lisses comme du verre fumé ne portaient pas trace de la moindre ouverture. C'est vers l'escouade de guerrières en armure qui gardaient l'entrée de cette tour que se dirigea le petit groupe. Là, toutes les femmes qui les avaient accompagnés depuis l'avion les quittèrent, à l'exception de la sombre Wanda.

Sally devait être quelqu'un de respecté à Newport car les amazones de garde se firent rigides comme des statues en la reconnaissant et même la vue de Blade ne sembla pas éveiller la moindre réaction extérieure chez elles. L'une des amazones prit le relais pour soutenir Sally et ils pénétrèrent dans la tour en passant sous une grosse herse prête à bloquer l'entrée à la moindre alerte.

— Il faut peut-être que je te dise que je commande la garde personnelle de la Maîtresse, fit Sally en se tournant vers Blade sans cesser d'avancer à cloche-pied, soutenue par la guerrière.

— Ce qui pourrait bien changer si tu n'arrives pas à expliquer clairement l'absence de Trudi et ton comportement... fit Wanda avec hargne.

— Wanda croit que son rang la rend intouchable, répondit Sally en reprenant son souffle. A la Salle de Commandement et vite ! ajouta-t-elle à l'adresse de la guerrière qui l'aidait à se mouvoir

## CHAPITRE IX

La Salle de Commandement était une longue pièce rectangulaire dont les murs étaient couverts de râteliers supportant des panoplies entières d'armes blanches, de lances et d'arbalètes assez sophistiquées. Mais Sally ne s'y attarda pas. Elle ordonna à Wanda et à l'amazone d'y rester. La grande femme brune tiqua mais n'osa pas discuter l'ordre. Les guerrières qui étaient dans la salle ne dirent rien, se contentant de dévorer des yeux l'homme brun et musclé qui accompagnait leur chef.

— Aide-moi à aller jusqu'à mes quartiers, fit Sally à l'adresse de Blade. Qu'on y envoie Levina et sa sorcellerie ! ajouta-t-elle d'un ton sec.

Blade aida la jeune femme à marcher et ils se retrouvèrent bientôt dans une suite de deux pièces d'aspect sévère qui ne dégageaient guère plus de chaleur humaine qu'un poste de garde de caserne. L'ameublement y était réduit au strict minimum, la seule concession à la fantaisie se résumant en une toile rouge et or tendue sur le mur le long des deux côtés du lit disposé dans un des coins de la seconde pièce. Sally alla s'y étendre avec un soupir de soulagement. Quant à Blade, il préféra s'asseoir à cheval sur une chaise grossière placée non loin du lit. Un instant plus tard, une femme vêtue d'une longue tunique blanche se présenta dans la chambre.

— Je suis heureuse de te revoir vivante, maîtresse, dit-elle en courbant brièvement la tête, ce qui fit disparaître son visage derrière un voile de cheveux blonds.

— Ce n'est pas le cas de tout le monde ici, comme du dois t'en douter, ma chère Beth...

— J'ai appris que Trudi était morte... fit alors Beth. C'est épouvantable.

Sally ferma les yeux.

— Oublions le passé Beth et va nous chercher à manger. Et apporte des vêtements décents pour ce mâle que tu ne cesses de dévorer d'un regard lubrique !

Un éclair de désir traversa les yeux gris de la servante qui se détourna rapidement et quitta la pièce.

Sally désigna une porte basse que Blade avait prise pour celle d'un placard.

— Un bain ne te ferait sans doute pas de mal...

Quand Blade ressortit de la baignoire ovale enroulé dans une grande serviette, il trouva Sally en train de dévorer à pleines dents un gros morceau de viande cuite. Il y avait une deuxième assiette pleine et la jeune femme lui fit signe de la manger. Ce qu'il fit avec empressement : il y avait maintenant deux jours qu'il n'avait pas avalé un repas décent. Puis il but un grand bol d'une sorte de bière acide. Au moment où il reposait le récipient, Beth fit sa réapparition avec une chemise ample et une sorte de pantalon, les deux taillés dans une épaisse toile bleue qui rappelait celle des jeans terrien. Une paire de bottes basses complétait le tout.

— C'est tout ce que j'ai pu trouver à peu près à sa taille, dit Beth en évitant de regarder Blade. Lavina arrive, maîtresse.

La servante sortit dès que la fameuse Lavina mit les pieds dans la pièce. Contrairement à toutes les femmes que Blade avait eu l'occasion de voir depuis son arrivée chez les amazones, celle-ci était très âgée. Elle avait l'air complètement désséchée et la peau de son visage triangulaire couronné de cheveux gris étaient parcourue de mille rides minuscules qui lui donnait l'aspect d'une vieille sorcière de contes pour enfants, impression renforcée par sa longue robe noire serrée par un cordon argenté à la taille.

Sans même un regard pour Blade, Lavina se précipita vers Sally. En un clin d'œil, elle la déshabilla entièrement et Blade dut faire un effort sur lui-même pour ne pas réagir à la vue des charmes de la Commandante de la Garde. Celle-ci se rendit compte du trouble de Blade et la pointe de ses seins se durcit instantanément.

— Ce n'est pas très grave, dit Lavina après avoir palpé la jambe de Sally. Les baumes y remédieront en quelques jours. Tu as eu de la chance d'avoir pu réduire la fracture toi-même...

— C'est lui qui l'a fait, répondit Sally en montrant Blade.

Pour la première fois depuis son entrée dans la chambre, la vieille femme parut se rendre compte de l'existence de Blade.

— Il n'y a que dans les légendes où les mâles savent faire autre chose que procréer...

— Je n'appartiens pas aux légendes, répliqua Blade sur un ton ferme qui fit froncer les sourcils à Sally.

Il se leva, ramassa les habits propres et retourna dans la salle de bains. Une minute plus tard, il en ressortait entièrement vêtu de bleu. Sally nota avec un petit geste d'agacement qu'il avait passé le manche de sa hache dans sa ceinture. Mais son bref énervement disparut quand elle s'aperçut qu'il avait vraiment fière allure...

Lavina massa un bon moment le tibia de Sally en l'enduisant d'une crème sombre et épaisse. Le membre semblait anesthésié car la jeune femme était parfaitement détendue. En fait, elle ne quittait pas Blade des yeux, au point que celui-ci finit par se sentir gêné d'être détaillé de cette manière.

La vieille femme cessa d'un seul coup de masser la jambe de Sally. Elle ramassa les trois pots de baumes qu'elle avait apporté et quitta la pièce sans un mot, dans un bruissement de tissu noir.

— Ce n'était peut-être pas le moment de t'habiller... fit Sally dès que la porte se fut refermée.

Blade resta immobile mais ses yeux parcoururent les rondeurs exquises de la jeune femme qui se rendit parfaitement compte du manège. En elle luttaient deux impulsions contraires : son éducation se retrouvait confrontée subitement à une réalité qu'elle n'avait jamais connue jusque-là et qui faisait vibrer tout ce qu'il y avait de femme en elle. Ce mâle beau et orgueilleux était en train de renverser toute une vie de tabous et de superstitions et pour la première fois de son existence de guerrière, elle se sentit faible et prête à tous les débordements.

Blade s'approcha du lit en tirant sa hache de sa ceinture. Il déposa l'arme contre la table basse où il avait mangé et vint s'asseoir contre Sally.

— Je n'ai jamais aimé que des femmes et tu me fais peur..., dit-elle à voix basse. Et maintenant que tu es là et que Trudi est morte, je ne sais plus que penser !

Blade évita de lui répondre que Trudi n'avait pas résisté longtemps dans la cabane des anthropophages et l'embrassa légèrement. Sally fut parcourue par une véritable décharge électrique lorsque ses lèvres touchèrent celles de Blade. Elle allait dire quelque chose quand une sensation délicieuse s'empara d'elle. La main de Blade s'était posée sur le bas de son ventre, à la naissance du petit triangle de poils blonds. Ses doigts se glissèrent rapidement vers les chairs tendres et déjà humides. La bouche de Sally s'entrouvrit et laissa échapper un petit soupir de plaisir.

— Non ! jeta-t-elle soudain en se relevant et en repoussant Blade.

Celui-ci retira sa main.

— Je ne sais pas comment sont les hommes

d'ici mais j'ai rarement rencontré des réactions pareilles... C'est une maladie, ou quoi ?

Sally s'assit complètement et fixa Blade d'un regard flamboyant.

— Ce sont les hommes qui ont tout détruit ! Tout est de leur faute ! Alors, nous les avons éliminés et maintenant, ils ne servent plus qu'à la seule chose pour laquelle ils sont bons : faire des enfants ! Tu comprends ?

Pour toute réponse, Blade enleva ses vêtements en un clin d'œil. Sally le regarda faire d'un air égaré et faillit crier lorsqu'il revint s'asseoir auprès d'elle.

— Nous reparlerons de tout ça un peu plus tard, Sally.

Ses lèvres cherchèrent celles de la jeune femme qui essaya de lui échapper. Mais la poigne de Blade finit par avoir raison de sa résistance et elle se laissa aller à un long baiser. Les mains de son compagnon se mirent à courir sur son corps, à peine plus lourdes que des plumes et des ondes de plaisir commencèrent à envahir la jeune femme.

En retrouvant la tendre intimité recouverte de duvet blond, les doigts de Blade firent revivre les frissons délicieux que Sally avait connus quelques instants plus tôt et elle ne put plus aller contre ses désirs profonds. Elle étreignit Blade et se mit à lui mordiller le lobe de l'oreille. Puis elle écarta doucement les cuisses sous l'effet des caresses de Blade qui s'installa entre ses jambes en évitant de toucher au tibia blessé.

— Prends-moi, souffla Sally. Prends-moi !

Blade s'enfonça lentement en elle, par petits coups pour augmenter le plaisir. Sally poussa une sorte de feulement et lui enserra les reins de ses jambes sans même se préoccuper de sa blessure.

Elle cria presque tout de suite tant son envie était intense. Blade continua à la travailler jusqu'à ce qu'un deuxième orgasme explose en elle et ils parvinrent ensemble au septième ciel quelques minutes plus tard. Sally resta un long moment blottie dans ses bras tout en lui embrassant la poitrine. Finalement, Blade la repoussa avec le maximum de douceur possible et revint s'asseoir près de son épaule.

— Je n'ai jamais connu ça... souffla la jeune fille, les yeux brillants. Jamais.

— Où sont les hommes dans cette cité ?

Sally détourna la tête comme si elle était subitement gênée.

— Ils ne sont pas ici.

— J'aimerais plus de précision...

Sally ne répondit pas. Blade se leva et alla se rafraîchir à la salle de bains avant de se rhabiller. Puis il se servit un bol de bière qu'il but à petites gorgées sans cesser d'observer Sally. Soudain, celle-ci lui fit face.

— Nos mâles sont des larves, Richard Blade, des larves élevées dans le seul but de procréer. Si nous pouvions nous passer d'eux, il n'en existerait plus un dans Iletrois !

Blade réfléchit un instant.

— Cela signifie que vous les avez parqués quelque part, n'est-ce pas ? Dans un endroit où vous pouvez les utiliser comme bon vous semble...

Sally s'assit brusquement et posa les pieds par terre. Le baume de Lavina devait être remarquable car elle ne parut ressentir aucune douleur.

— Aide-moi à aller me laver.

Sally s'assit sur le rebord de la baignoire métallique et s'aspergea d'eau sous le regard de Blade adossé contre le chambranle de la porte basse. Il attendit qu'elle ait fini pour lui passer une longue robe qui ressemblait à celle de Beth, avec un liseré bleu en plus. Quand elle fut habillée, il l'aida à nouveau à se déplacer jusqu'au lit où elle s'assit bien droite.

— Combien y a-t-il d'hommes ici ?

Sally haussa les épaules.

— Le Nid n'abrite pas plus de cent mâles en état de se reproduire. Avec les jeunes, il n'y en a pas plus de cent cinquante en tout...

— Seulement pour Newport ? Ou pour tout Iletrois ?

— Pour toute cette partie d'Iletrois ! Répliqua Sally que la conversation commençait visiblement à agacer. Nous ne savons pas ce qui se passe de l'Autre Côté.

Blade la regarda droit dans les yeux.

— De l'Autre Côté, c'est la barbarie, Sally. Je vais te dire comment est morte Trudi : elle a été dévorée par des hommes *et* des femmes retournés à la sauvagerie ! Je commence à me douter de ce qui est arrivé il y a très longtemps mais s'il y a une chose dont je puis t'assurer c'est que les femmes, contrairement à ce que vous semblez croire ici, sont aussi coupables que les hommes ! Et qu'une société où l'homme est ravalé au rang d'étalon pour amazones ne vaut pas mieux qu'une bande de sauvages retombé dans l'anthropophagie !

Sally resta bouche bée après la tirade de Blade.

— Mais ce sont les hommes qui ont déclenché la Grande Guerre, dit-elle au bout de quelques instants. Ce sont les hommes qui ont rendu la Terre inhabitable et qui se sont battus dans Iletrois il y a un siècle... Et nous ne voulons plus jamais connaître ça, Richard Blade, plus jamais !

— C'est insensé... fit Blade en attrapant sa

hache. Ce n'est pas en détruisant une partie de l'humanité qu'on la sauvera. C'est tout le monde qui doit se mettre au travail, Sally, pas uniquement des femmes persuadées de détenir une vérité divine !

— C'est la Maîtresse qui nous guide par ses images. Elle seule connaît la marche à suivre. Et son message est clair : la puissance du mâle doit être anéantie.

— Il me tarde de rencontrer cette... Maîtresse ! jeta Blade.

Il y eut un bruit dans son dos et il se retourna d'un coup, la main crispée sur son arme.

Wanda s'avança au milieu de la chambre.

— J'ai pris la liberté d'entrer, fit-elle d'un ton glacial. Réjouis-toi car ton vœu va être exaucé : la Maîtresse désire te voir immédiatement. Seul.

## CHAPITRE X

Blade suivit la silhouette agréable mais crispée de Wanda dans son ascension du large escalier en colimaçon qui conduisait de toute évidence au sommet de la tour. Wanda était une fort belle femme, visiblement très intelligente et Blade regretta que son extrémisme dans la cause des amazones lui obscurcisse l'esprit au point de la rendre foncièrement antipathique. Et de savoir qu'elle le considérait comme à peine plus qu'un animal l'énervait prodigieusement.

A partir d'un certain moment, ils ne croisèrent plus personne dans l'escalier et Blade comprit qu'ils approchaient du saint des saints, de l'endroit où la Maîtresse dirigeait le peuple de Newport.

Soudain, ils atteignirent un petit palier. Wanda tira une minuscule clé qui pendait sous sa robe, entre ses seins, et l'introduisit dans une serrure presque invisible installée entre deux blocs de pierre sombre. Puis Wanda émit une courte série de sons graves et un pan de mur s'éclipsa rapidement sous les yeux de Blade. La technique des serrures à identification vocale n'avait pas complètement disparu sur Iletrois...

Blade fut un peu déçu par l'antre de la Maîtresse qui ne devait pas dépasser une douzaine de mètres carrés en surface et qui ressemblait plus à une cellule de forteresse qu'à autre chose. Sans compter qu'il n'y avait personne.

— Au cas où Sally ne te l'aurait pas dit, je suis le Bras de la Maîtresse, ce qui me met à égalité avec la Commandante de la Garde. Je voulais que ceci soit clair à l'avenir, Richard Blade !

Celui-ci défia un instant les yeux noisette brûlant de colère avec un air amusé. Il tapota négligemment la lame en tôle de sa hache.

— Je ne prétends à aucun rang particulier, Wanda, mais sache que cet instrument sera le meilleur garant de ma liberté. D'accord ?

— Nous réglerons ça un jour, répondit la femme. En attendant, ne mettons pas la patience de la Maîtresse à l'épreuve puisqu'elle a décidé d'examiner ta personne !

Wanda s'approcha du fond de la petite pièce qui était recouvert d'une grande plaque métallique. Arrivée à moins d'un mètre du mur, elle prononça d'autres sons d'identification et le panneau métallique coulissa sans bruit sur le côté, dévoilant une grande niche noire comme l'espace. Au centre des deux mètres carrés de sol se dressait un petit socle carré haut d'une trentaine de centimètres. Tout à coup une image commença à apparaître et devint en l'espace de quelques secondes celle d'une femme en trois dimensions dont les yeux verts se fixèrent sur Blade. Un sourire distingué s'inscrivit sur le visage aux traits nobles. L'apparition était vêtue d'une longue robe pourpre et or qui lui dissimulait la totalité du corps, de la base du cou aux pieds. Les mains de la Maîtresse surgissaient de grandes manches évasées. Elles étaient presque translucides. Quant aux cheveux, ils étaient ramenés en un gros chignon dont le but évident était de ressembler à une couronne royale blonde.

— Voici l'homme, Maîtresse, fit Wanda en s'inclinant devant l'Image.

« Un hologramme ! » songea Blade tout en se demandant si Wanda savait que des paroles identiques avaient signifié le commencement de la fin pour un personnage qui se disait le Fils de Dieu deux mille ans auparavant...

— Laisse-nous, Wanda, dit alors l'Image d'une voix cristalline.

La femme brune s'inclina à nouveau et sortit

de la pièce sans le moindre regard pour Blade. Celui-ci cherchait des yeux les mécanismes qui permettaient à celui ou celle qui dirigeait l'hologramme de suivre ce qui se passait dans la pièce mais il ne parvint à distinguer ni caméra ni micro.

— N'essaye pas de deviner comment je te vois et je te parle, Richard Blade, fit la voix lorsque Wanda eut refermé la porte du sanctuaire. Simplement je sais tout ce qui se passe dans la moitié d'Iletrois que je gouverne.

— Il n'y a donc qu'une seule et unique... Maîtresse pour les trois cités ?

L'Image eut un petit hochement de la tête.

— C'est exact. Cela évite bien des problèmes et permet à mon peuple de vivre en paix.

— Alors pourquoi as-tu besoin d'une garde ?

— Parce que cela affermit mon pouvoir. Et puis je suis ainsi à l'abri d'un geste de folie... Nul système n'est parfait, n'est-ce pas ?

Blade acquiesça.

— J'aimerais que tu me racontes ce qui s'est passé de l'Autre Côté. En détail.

Blade s'exécuta mais sans parler de sa propre arrivée au pays des anthropophages. La Maîtresse l'écouta sans l'interrompre et attendit encore un petit instant après qu'il eut fini pour reprendre la parole :

— Ainsi donc, la barbarie la plus épouvantable s'est abattue sur l'autre moitié d'Iletrois...

— Si tu es capable de savoir tout ce qui se passe ici, je comprends mal que tu ne sois pas au courant de ce qui est arrivé aux habitants de l'autre partie habitée. Car tu es un ordinateur, n'est-ce pas ?

L'Image ne parut pas surprise de la déduction de Blade.

— Tu viens de te trahir, Richard Blade... fit-elle avec un demi-sourire. Le mot ordinateur a depuis bien longtemps disparu du vocabulaire des habitants d'Iletrois. Viendrais-tu de la Terre, par hasard ?

Blade eut une hésitation mais le bon sens l'emporta : s'il y avait une seule personne — le mot était plutôt inexact dans le cas de la Maîtresse — qui puisse comprendre son origine, c'était bien elle. Et comme il venait d'avouer par mégarde son origine étrangère au satellite, le mieux était maintenant de jouer franc-jeu avec son interlocuteur spectral. Ou plutôt de lui fournir une explication proche de la vérité mais qui dissimulerait les expériences interdimensionnelles de Lord Leighton. Prudence est, comme chacun sait, mère de sûreté...

— J'ai participé à une expérience de voyage dans le temps à la fin du XX^e^ siècle en Angleterre. Quelque chose a mal tourné et je me suis retrouvé de l'Autre Côté juste après l'atterrissage forcé de Sally et Trudi. Tu connais la suite...

Pour la première fois, Blade eut l'impression que l'ordinateur qui se faisait appeler la Maîtresse se retrouva dérouté l'espace d'une fraction de seconde.

— Tu serais donc un homme de l'Ancien Temps... murmura l'Image. Un homme d'avant la Guerre ?

— C'est ce qui me semble être le plus probable.

— L'Angleterre aurait donc procédé à des expériences si secrètes que personne n'en aurait jamais eu connaissance, même des décennies plus tard...

Le fait que l'Angleterre ait existé aussi dans *cette DX* atterra Blade. La fourchette des probabilités pour que cet univers ne soit que le futur du sien devenait de plus en plus serrée !

— Quand la Chine a déclaré la guerre à l'Amérique le 22 février 2029, commença l'Image, personne ne se serait douté que la civilisation serait rayée aussi vite de la carte du monde. En l'espace de quelques heures, la Terre fut précipitée sur la pente du déclin suite à l'utilisation intensive des bombes à rayonnement delta K qui provoquèrent des vagues de mutations génétiques irréversibles. On s'est battu jusqu'ici, Richard Blade, ce qui explique, entre autres, que mon homologue de l'Autre Côté ait été détruit et que je ne sache rien de cette moitié d'Iletrois... Voilà en quelques mots ce qui s'est passé. Par chance, mes constructeurs avaient prévu une grande liberté d'action pour moi et j'ai pu mettre en place cette nouvelle société en espérant que les femmes sauraient éviter la folie des hommes qui venait de nous coûter le berceau de l'humanité...

Blade ferma les yeux lorsque la Maîtresse eut terminé son bref discours. Plus de doute possible maintenant : il était bien dans le futur de son propre monde ! Ce qui signifiait que tout ce qu'il pourrait faire à son retour pour alerter les autorités ne servirait à rien.

— Tu te trompes, dit-il enfin en rouvrant les yeux. Si tu élimines les hommes de ta nouvelle humanité, tu t'exposes à être piégée par d'autres erreurs car un déséquilibre finira tôt ou tard par surgir dans cette société artificielle !

Une marque de brusque sérieux apparut sur le visage de l'Image. Elle sembla se pencher vers son interlocuteur.

— Ceci est *mon* problème, Richard Blade. Et je dois avouer que ta présence en pose un autre de taille.

— Je peux être très utile ici par mes connaissances techniques. Au fait, je ne comprends pas très bien pourquoi toute technologie semble faire défaut à ta société *modèle* (il insista lourdement sur le terme).

L'Image l'interrompit d'un geste très humain.

— Quand je t'ai dit que les hommes s'étaient battus même au sein d'Iletrois, j'aurais dû préciser que j'avais été victime d'une attaque qui a détruit une partie de mes banques mémorielles, celles consacrées aux sciences « dures » et à leurs applications techniques. Je ne suis même plus capable d'expliquer à mon peuple comment construire un moteur ! Ni de me réparer si un de mes circuits tombe un jour en panne...

Blade s'empressa de saisir la balle au bond.

— Alors, tu devrais te rendre compte à quel point je peux être utile à ton projet, même si je le rejette.

L'Image le fixa droit dans les yeux.

— J'ai peur que tu fasses refaire surface à des désirs que j'ai passé des dizaines d'années à éliminer des esprits de mon peuple, Richard Blade. Te laisser en vie parmi nous c'est libérer la Tentation !

Blade pensa à Trudi et à Sally et vit à quel point la société aberrante imposée par la Maîtresse reposait sur des bases faibles.

— Mais je prends le risque, fit à nouveau l'Image. A condition cependant que tu me démontres ton utilité. Dans le cas contraire tu seras immédiatement éliminé !

— Marché conclu, répliqua Blade que des visions de fin du monde accablaient.

## CHAPITRE XI

Blade retrouva Wanda à sa sortie du sanctuaire où l'Image de la Maîtresse venait de disparaître. La grande femme brune vérifia que la porte secrète se refermait bien puis se tourna vers cet homme qu'elle détestait.

— La Maîtresse vient de me faire savoir que tu étais libre de tes mouvements. Je respecte sa décision mais ne crois pas que j'en oublie pour autant ce qu'il y a entre nous, Richard Blade ! Nous finirons bien par nous retrouver un jour face à face. Et maintenant, tu peux aller retrouver ta femelle en chaleur !

Après ce trait peu aimable pour Sally, Wanda disparut dans l'escalier circulaire, laissant Blade redescendre lentement vers les quartiers de Sally.

Quand il pénétra dans ceux-ci, il trouva la jeune femme en train de discuter gravement avec sa servante. Beth eut un sursaut de surprise en l'apercevant et sortit tout de suite de la chambre.

— J'ai l'impression qu'elle va faire une attaque chaque fois qu'elle t'apercevra... dit Sally avec un petit rire. Si je comprends bien, la Maîtresse a été intéressée par le cas que tu représentes, sinon, je ne t'aurais jamais revu...

Blade se servit un bol de bière. Il avait la bouche aussi sèche que le Sahara et tout son esprit était obsédé par la pensée qu'un cataclysme allait s'abattre sur son monde. Pourtant, petit à petit montait en lui la conviction que le passé était le passé et qu'il lui appartenait maintenant de faire tout ce qui était en son pouvoir pour aider les restes de l'humanité à se tirer d'affaire. Peut-être, dans cinquante ou cent ans, les habitants d'Iletrois pourraient-ils envoyer une mission d'exploration dans les autres satellites artificiels — s'il y avait une « Ile 3 », il existait forcément une « Ile 2 » et une « Ile 1 » — et, qui sait, peut-être sur la Terre elle-même...

A moins qu'un vaisseau venu de la planète-mère n'aborde la grande île spatiale avant. Et dans ce cas, il vaudrait mieux que les habitants du satellite soient prêts à toute éventualité car on ne sait jamais ce qui pourrait surgir de l'Enfer.

— A quoi songes-tu ? dit soudain Sally.

Blade allait lui répondre mais une idée lui traversa alors l'esprit :

— Je me disais que rien ne serait possible tant que les deux moitiés d'Iletrois ne seraient pas à nouveau réunies pour se battre contre le destin...

Sally poussa un soupir de découragement.

— Il y a des moments où je me demande si la Maîtresse n'a pas fait une erreur en te gardant en vie.

Blade se tourna vers elle avec un air subitement amusé.

— Et que penses-tu dans les autres moments ?

— Que les hommes ne sont peut-être pas aussi mauvais qu'on nous le dit, répondit Sally en ouvrant ses bras.

« La Tentation », se dit Blade quand il se pencha pour l'embrasser.

Blade passa la semaine qui suivit à explorer le pays gouverné par la Maîtresse. Son passage déclenchait des vagues de curiosité et même, quelquefois, des réactions brutales que seul le sauf-conduit que lui avait octroyé l'ordinateur en apprenant son projet parvenait à apaiser plus ou moins.

Il se fit rapidement une idée de la configuration générale de cette portion d'Iletrois et s'il s'y sentit vite chez lui, oubliant même l'effet déplorable qu'avaient sur ses sens l'horizon renversé, la présence de la contrée des anthropophages juste au-dessus de sa tête et la lumière clignotante du soleil.

Le Nid — le seul endroit qu'il n'avait pas pu approcher — se trouvait à environ cinq kilomètres d'une des extrémités du cylindre géant. Puis, on trouvait, à intervalles presque réguliers, les trois cités des amazones aux noms si terriens : Newport, Belleau et Marburg. Des noms qui indiquaient bien l'origine des colons qui les avaient peuplées dès que l'île spatiale avait été ouverte aux émigrants. Les trois cités avaient été construites puis modifiées par la Maîtresse suivant le même plan de base et elles se ressemblaient toutes de près. Des ceintures de champs cultivés et d'enclos où paissait un bétail relativement nombreux et sélectionné les entouraient, le reste du terrain étant occupé par une forêt bien moins épaisse que celle du pays des cannibales. Et dans ce pays aux airs si tranquilles vivaient environ trois mille femmes, dernières survivantes des centaines de milliers de colons du temps de la splendeur du satellite.

Lorsque Blade revint de son périple, la jambe de Sally était pratiquement guérie, ce qui tenait du miracle. La vieille Lavina vint pour la dernière fois ce jour-là passer ses baumes sur le tibia de la jeune femme et la déclara apte au service. Ce que Blade et elle fêtèrent en faisant l'amour dès que la vieille femme eut tourné le dos.

— Tu m'avais dit que l'avion avec lequel vous êtes allées, Trudi et toi, de l'Autre Côté était le seul que vous aviez pu remettre en marche, n'est-ce pas ? fit Blade un peu plus tard.

Sally cessa de caresser le sexe durci de son amant.

— Si c'est tout l'effet que je te fais... Enfin ! dit-elle en s'étirant avec une moue de dépit. Il y en a une dizaine d'autres dans une sorte de hangar souterrain à l'autre bout de la ville. Personne ne peut y aller sans l'accord de la Maîtresse. Ce doit être plus pour les protéger qu'autre chose car seule Trudi en savait assez pour les réparer...

— Je veux les voir, Sally.

— Tu penses pouvoir les réparer, n'est-ce pas ? Et que veux-tu en faire après ?

— J'ai un projet en tête mais je veux voir les avions avant d'en dire plus.

— Alors, il ne te reste plus qu'à convaincre la Maîtresse.

— Cela ne devrait pas être bien difficile car c'est pour ce genre de chose qu'elle a eu le bon goût de me garder en vie...

# CHAPITRE XII

L'ordinateur donna son feu vert à Blade sans poser de questions. La Maîtresse semblait subitement pressée de faire évoluer les choses comme si elle s'était rendue compte que Blade constituait une carte inespérée.

Accompagné cette fois de Sally, il se présenta devant un bâtiment, qu'il avait pris pour un hangar à grain, et dont la Commandante de la Garde ouvrit les portes grâce à des clés spéciales que lui avait remises, de bien mauvaise grâce, l'implacable Wanda.

L'intérieur du hangar était sombre et Blade dut attendre quelques instants avant de pouvoir discerner les silhouettes trapues des avions. Sally referma soigneusement les portes d'entrée dès qu'ils furent à l'intérieur puis actionna une manivelle qui fit fonctionner un système de volets sur le toit du bâtiment. La lumière inonda petit à petit la masse des appareils volants et Blade put commencer à les examiner de près.

Il fit un premier tour rapide des dix petits avions qui lui permit de se faire une idée générale de leur état : six ne semblaient pas avoir besoin de beaucoup de réparations pour prendre l'air et les quatre autres étaient à des degrés divers de délabrement. Immédiatement, Blade se décida à tenter de remettre en état de vol les deux plus gros d'entre eux, deux appareils quadriplaces et bimoteurs dont la voilure biplan tranchait sur les ailes delta qui les entouraient. C'était exactement le genre d'engin dont il allait avoir besoin pour mettre sur pied l'expédition qu'il avait en tête.

L'Image de la Maîtresse fixait Blade avec une expression de perplexité parfaitement ressemblante, preuve de l'habileté technique de ceux qui avaient imaginé ce moyen de communication entre l'ordinateur et ses utilisateurs d'avant-guerre.

— Je n'ai pas vraiment d'objection à ce que tu visites le Nid, Richard Blade, fit l'Image. J'ai juste un peu peur que ce que tu y découvres ne te plaise pas spécialement et que tu en conçoives du ressentiment contre mon peuple...

Blade haussa les épaules et fit un pas en avant vers l'Image.

— Je n'ai qu'une parole. Je suis décidé à t'aider à essayer de faire repartir les reste de l'humanité dans Iletrois et j'ai déjà vu tant d'horreur au cours de mon existence qu'une de plus ne me touchera pas beaucoup.

— C'est bon, fit la Maîtresse après une seconde de silence, je te donne l'autorisation que tu me demandes. Est-ce tout ?

— Pas exactement.

— Alors, que puis-je encore faire pour toi ?

Blade prit son inspiration et regarda l'Image droit dans les yeux, même s'il savait pertinemment que c'étaient des caméras invisibles dissimulées ailleurs qui servaient d'organes de la vue à l'ordinateur.

— J'ai l'intention d'aller explorer l'extrémité d'Iletrois la plus proche d'ici après avoir visité le Nid.

— Et comment comptes-tu faire l'ascension de la falaise métallique jusqu'à la plate-forme d'accès située en son centre ?

— Tu le sais parfaitement : je vais utiliser les avions que j'ai réparés, les deux plus gros en fait. Et j'ai besoin que tu me prêtes six de tes guerrières pour nous accompagner, Sally et moi.

— Je trouve que tu t'attaches beaucoup à

elle... dit alors l'Image. N'oublie pas que tu es une sorte de virus parmi mon peuple et que je tiens à veiller à ce qu'il n'y ait aucune contamination !

— Il m'est très difficile de vivre en ermite au milieu de milliers de femmes dont certaines sont parmi les plus séduisantes que j'ai jamais vues. Aussi vaut-il mieux pour tout le monde que je m'attache à l'une d'entre elles et que je ne me préoccupe pas des autres, ne crois-tu pas ?

L'Image fronça les sourcils.

— J'apprécie ta franchise, Richard Blade. J'espère cependant que tu es conscient de la portée de tes paroles : l'existence de Sally est maintenant liée à la tienne. Si tu échoues ou si tu me trahis, elle subira le même sort que toi.

— Je pense qu'elle l'a compris dès l'instant où nous avons partagé le même lit, Maîtresse, fit Blade d'une voix ferme. Cela dit, elle est la seule personne en dehors de moi à savoir piloter les avions et sa présence est indispensable à mes côtés.

— Mais je ne t'ai pas encore donné mon approbation...

Blade eut un soupir.

— Pourquoi jouer sans cesse à cache-cache ? Savoir ce qui se passe dans les centres de contrôle d'Iletrois est aussi vital pour toi que passionnant pour moi. Tu n'es plus reliée à eux et tu ne risques donc rien. C'est pourquoi je suis persuadé que tu vas me donner l'autorisation d'entreprendre cette expédition...

— D'accord. Quand comptes-tu partir ?

Blade fit mine de réfléchir un instant.

— Dans deux ou trois jours, le temps d'initier tes guerrières au maniement des avions. Cela peut être utile s'il nous arrivait quelque chose à Sally et à moi là-haut.

— Je présume que tu profiteras de ce voyage pour visiter le Nid qui est sur ta route ?

Blade acquiesça.

— C'est ce qu'il me semblait t'avoir déjà dit.

— Ne sois pas insolent, Richard Blade ! Je croyais t'avoir fait comprendre que ta vie ne tenait qu'à un fil ici !

— C'est possible. Mais je suis certain d'un autre côté que tu ne peux déjà plus te passer de moi, Maîtresse... Que tu le veuilles ou non, je représente le seul facteur nouveau de progrès pour une société sclérosée dirigée par un ordinateur infirme car amputé d'une partie importante de ses banques mémorielles !

Une lueur de colère traversa les yeux de l'Image qui disparut sur-le-champ sans un mot de plus.

Blade quitta le sanctuaire en se demandant si son bluff tiendrait assez longtemps pour mettre fin à cette déviation aberrante de la société humaine.

En fait, tout dépendrait de ce qu'il trouverait dans la mystérieuse extrémité de l'île de l'espace.

## CHAPITRE XIII

Les six guerrières choisies par Sally présentaient des qualités physiques évidentes, comme combattantes et comme femmes. Blade avait demandé à la Commandante de la Garde de ne prendre que des femmes détestant l'idée d'être touchées par un homme, ceci afin d'éviter tout incident dû à la jalousie ou au désir durant l'expédition.

Les trois blondes avaient pour noms, Valérie, Sondahl et Gaviola ; la rousse aux cheveux courts et au visage constellé de taches de son s'appelait Queensee et la brune qui paraissait être une sœur jumelle de Wanda se nommait, elle, Joanna. Mais celle qui frappa le plus Blade fut la seule Noire du groupe — arriver à obtenir un tel spécimen dans une communauté composée à quatre-vingt-quinze pour cent de Blanches et pratiquant un mode de reproduction aussi invraisemblable que celui du Nid tenait du miracle génétique — qui s'appelait Jessica et qui était de loin la plus musclée.

Blade les inspecta comme l'aurait fait un adjudant de compagnie et félicita Sally pour son choix.

Deux jours plus tard, les six amazones avaient appris à piloter les deux biplans et étaient prêtes à affronter les incertitudes de l'expédition.

Le troisième jour, Blade et Sally se mirent chacun aux commandes d'un des appareils qui avaient été transportés sur la piste où ils avaient atterri à leur retour du pays des anthropophages. Les biplans étaient lourdement chargés — leurs huit passagers étaient armés jusqu'aux dents — et ils eurent besoin de toute la longueur de la piste pour parvenir à décoller *in extremis*. Blade fit un tour au-dessus des quelques amazones venues les regarder puis fit signe à Sally de le suivre. Le voyage jusqu'au Nid n'allait durer que quelques minutes mais constituerait un bon entraînement pour eux.

Après un atterrissage sans problème dans un champ particulièrement plat, Blade ordonna aux six amazones de rester auprès des avions et se dirigea vers le Nid en compagnie de Sally.

— Ce que tu vas voir ne va pas te plaire... dit

celle-ci au moment où apparaissait devant eux la masse trapue et grise formant la seule portion visible du Nid.

— La Maîtresse m'a déjà dit exactement la même chose, grogna Blade. C'est étrange de voir comment les remords vous accablent au moment de faire visiter pour la première fois votre centre de reproduction à un étranger...

Sally fronça les sourcils.

— Peut-être est-ce parce que tu m'as fait connaître des choses que je croyais impossibles. Tu as semé le doute en moi, Richard Blade.

— Je sais. Et ton sort est lié au mien maintenant. La Maîtresse me l'a dit textuellement il y a trois jours.

Sally hocha la tête mais ne répondit rien.

Ils arrivèrent bientôt face à une ouverture voûtée d'environ trois mètres de haut, fermée par une herse brillante. Une vingtaine de guerrières revêtues d'un casque et d'une armure légère gardaient la place, une main posée sur le pommeau de leur épée. Visiblement, on prenait ici les choses au sérieux.

La portion visible du Nid ressemblait à un gros blockhaus du Mur de l'Atlantique en forme de coupole. Le gris du béton lui donnait un air sinistre, de même que la présence d'amazones armées d'arbalètes et installées un peu partout sur la structure fortifiée et autour de celle-ci elle avait été certainement édifiée après la guerre qui avait coupé les ponts avec la planète-mère.

Les gardes connaissaient Sally et avaient été averties de la présence de Blade qu'elles regardèrent passer comme un animal de foire. Celui-ci sut qu'il était jaugé sur ses capacités visibles de combattant. Ces regards aigres étaient ceux de guerrières, non de femmes.

— Attendez un instant, fit l'amazone qui commandait le poste de garde. Des Fécondées doivent sortir.

Blade jeta un bref coup d'œil à Sally et vit que celle-ci s'était soudain crispée comme si le terme lui rappelait de mauvais souvenirs.

Un groupe indistinct apparut alors dans le couloir derrière la grille. Quand il l'atteignit, Blade s'aperçut qu'il s'agissait d'une douzaine de femmes encadrées par quatre amazones au regard revêche. La grille s'ouvrit et les Fécondées sortirent en titubant sous la lumière clignotante du soleil.

Blade ressentit du dégoût. Ces femmes paraissaient avoir été droguées : leur bouche pendait mollement et leurs yeux semblaient n'avoir guère plus de vie que ceux d'un poisson mort. Elles étaient toutes vêtues d'une longue tunique grise trop grande pour certaines et trop courte pour d'autres.

— Dans un jour ou deux, elles seront remises de leurs émotions, commenta Sally.

— Du bétail... murmura Blade. Du vrai bétail !

Sally se tourna vers lui sous le regard réprobateur des amazones du poste de garde.

— Ici, faire l'am... être engrossée par un mâle est une épreuve difficile à supporter pour un esprit sain, ce qui explique qu'il faille utiliser des drogucs pour aider ces femmes à tenir le coup.

— S'il y a des esprits sains dans ce pays, j'aimerais bien les rencontrer ! jeta Blade sous l'effet de la colère.

Sally lui pressa brusquement le bras pour le faire taire.

— La Maîtresse t'avait prévenu que ce ne serait pas ragoûtant pour toi, Richard Blade. Aussi, si tu as tenu à venir visiter le Nid, tu ne dois t'en prendre qu'à toi et regarder ce qui va t'être montré sans rien dire !

Toutes les amazones présentes, y compris celles qui poussaient les malheureuses Fécondées vers un chariot qui venait d'apparaître, fixèrent Blade avec la visible intention de lui trancher la gorge. Seuls les ordres de la Maîtresse et la présence de la Commandante de la Garde les empêchèrent de toute évidence de passer à l'action. Blade sentit qu'il valait mieux ne pas déclencher l'orage et il se résolut à se taire jusqu'au bout de la visite. Et puis, il était bien forcé de s'avouer qu'il ressentait une certaine curiosité à voir jusqu'où la Maîtresse avait poussé l'horreur en matière de reproduction humaine...

— Allons-y ! fit-il sur un ton sec, entraînant Sally avec rudesse.

La herse de l'entrée se referma derrière eux avec un claquement. Ils étaient entrés sans escorte en raison du rang de Sally. Le couloir se prolongea sur une vingtaine de mètres jusqu'à ce qu'ils atteignent la structure principale du Nid, énorme igloo de béton gris avec une excroissance faisant office d'entrée. Ils parvinrent alors à un second poste de garde intérieur dont la grille s'entrouvrit un bref instant pour les laisser passer. Là aussi, les amazones de garde jetèrent à Blade un regard qui en disait long sur la place qu'elles accordaient aux hommes sur l'échelle de l'évolution.

Sally le poussa en direction d'un escalier en colimaçon faiblement éclairé par des lampes à huile.

— Nous atteindrons directement les boxes de reproduction par là, fit-elle à voix basse dès qu'ils se furent engagés dans l'étroite ouverture servant de bouche à l'escalier.

Blade se contenta de hocher la tête dans la pénombre en guise de réponse.

Quand ils débouchèrent dans le Nid proprement dit, Blade se rendit compte que l'espèce de bunker qui surgissait du sol à une dizaine de mètres au-dessus de leur tête n'était que la petite partie émergée d'un véritable iceberg de béton qui s'enfonçait profondément dans la structure même de l'île spatiale. Devant lui s'étendait une énorme pièce voûtée de plus de cent mètres de long dont les bords étaient occupés par un alignement de boxes et qui faisait irrésistiblement penser à une étable... Dans l'allée centrale dallée régnait une agitation intense. Des amazones vêtues uniquement d'un court pagne, en raison de la chaleur ambiante, allaient et venaient, accompagnant des femmes vêtues de gris comme celles que Blade et Sally avaient rencontrées devant l'entrée du Nid. Toutes avaient le même air halluciné et ne cessaient de gémir.

— Mon Dieu... souffla Blade.

— Chut ! intima Sally. Avançons.

Les portes des dix premiers boxes de chaque côté étaient fermées. Des ronflements sonores s'en échappaient.

— C'est la période de repos pour ceux-là,

commenta Sally. Les mâles dorment vingt heures par jour.

Quand ils arrivèrent au bout de la portion de l'étable — Blade ne parvenait pas à trouver un autre mot pour désigner ce qu'il voyait — ils se retrouvèrent face à deux amazones à demi nues poussant devant elles une femme en gris. Elles se dirigèrent vers le premier box ouvert sur la droite et y entrèrent.

— Viens, fit Sally en prenant Blade par le bras. Tu vas voir comment ça se passe !

Ils pénétrèrent dans le box mais restèrent à côté de la porte. La femme en gris avait été déshabillée et adossée à la cloison. Une des amazones commença à la caresser doucement jusqu'à ce que les pointes de ses seins se dressent. Puis la main de la fille en pagne descendit entre les cuisses de la future Fécondée et se mit en devoir d'exciter un peu plus celle-ci. Des larmes naquirent au coin des yeux de la femme nue qui poussa un petit gémissement pitoyable.

Dans d'autres conditions, la situation aurait pu exciter Blade. Mais son regard ne pouvait se détacher de la forme qui était allongée au fond du box.

Le mâle.

Un corps graisseux à la peau blafarde, presque translucide. L'homme — mais pouvait-on encore donner ce nom à cette pitoyable créature — était complètement nu et dépourvu de tout système pileux, ce qui lui donnait l'apparence d'une grosse larve de forme vaguement humaine. Ses yeux disparaissaient sous des replis de graisse tombant du front et son nez était presque enseveli entre les deux collines molles des joues. La bouche était une plaie entrouverte d'où s'échappait un souffle irrégulier. Quant aux oreilles, elles étaient réduites à l'ouverture du conduit auditif entouré par un lobe atrophié.

Le regard de Blade descendit presque malgré lui vers le reste du corps. Les bras étaient si gros qu'ils ne semblaient plus faire qu'un avec le tronc ressemblant à un abominable pudding blanchâtre dont les jambes énormes et flasques auraient été une excroissance sans vie.

L'autre amazone s'activait au niveau du sexe dépourvu de poils qu'elle caressait d'une main experte avec une expression visible de dégoût. Petit à petit le membre commença à se gonfler au-dessus des testicules gros comme des oranges. La respiration pénible de la malheureuse créature se fit plus rapide au fur et à mesure que son sexe prenait des proportions monstrueuses. Lorsqu'il fut dressé, l'amazone dévoila le gland d'un coup sec et se mit à l'exciter tout en faisant signe à sa compagne d'amener la femme nue.

Celle-ci fut poussée sans ménagement et dut enjamber l'énorme corps mou jusqu'à avoir son sexe humide juste au-dessus du pieu de chair qui allait l'empaler. Puis les deux amazones la forcèrent à s'accroupir lentement, l'une d'elles guidant le gland rougeâtre entre les cuisses frémissantes. La femme poussa un cri de douleur lorsque le membre aux grosses veines apparentes s'enfonça dans son vagin subitement distendu au maximum. Les larmes qui étaient apparues aux coins de ses yeux roulèrent le long de ses joues pendant que les amazones l'obligeaient à aller et venir le long de la colonne de chair dure comme du marbre.

L'opération dura quelques secondes seulement car le mâle se vida presque tout de suite dans le ventre de sa victime droguée avec un rugissement bestial. Les amazones retirèrent la nouvelle Fécondée dès que le sexe commença à perdre de sa dureté. Elles durent essuyer l'excédent de sperme qui avait coulé le long des cuisses de la malheureuse avant de lui faire repasser sa tunique grise. Puis elles quittèrent le box sous le regard franchement écœuré de Blade.

La forme grotesque frémit sur la couche de

paille qui lui servait de litière et poussa un gémissement.

— Il a faim maintenant, dit Sally avec un soupir. Laissons-le car j'en ai assez vu...

En ressortant du box, ils croisèrent une autre amazone en pagne apportant un bol contenant une soupe épaisse et une sorte d'entonnoir servant visiblement à gaver la larve humaine avant qu'elle ne sombre dans un sommeil sans rêve.

— Alors ? fit Sally une fois qu'ils furent dans l'allée.

— C'est ignoble ! souffla Blade. Ignoble ! Partons d'ici avant que je vomisse sur ces dalles maudites !

Ils remontèrent l'étroit escalier sans dire un mot. Blade dut lutter contre son estomac jusqu'à ce qu'ils retrouvent la lumière clignotante du soleil. Là il se tourna vers Sally.

— As-tu déjà été... fécondée ?

Sally ferma les yeux et fit non de la tête.

Blade en fut soulagé car dans le cas contraire il n'aurait pas été certain d'être capable de refaire une fois l'amour avec la jeune femme...

## CHAPITRE XIV

Les six amazones de l'expédition n'avait pas bougé d'un mètre lorsque Blade et Sally retrouvèrent les deux avions parés au décollage au bout du champ.

— Veux-tu que je te dise quelque chose qui va sûrement te faire plaisir ? déclara subitement Sally en s'arrêtant de marcher alors qu'ils arrivaient au milieu du champ.

— Vas-y toujours...

— Eh bien, sache que tu continues à semer le doute dans mon esprit, Richard Blade ! Je commence à ne plus savoir quoi trop penser de notre mode de vie depuis que je vois tes réactions. Et ça me fait peur, tu comprends ?

— Dans mon pays, on disait qu'il n'y a que les imbéciles qui n'évoluent pas. Si ça peut te rassurer...

Sally ne répondit rien et reprit sa progression en direction des avions.

Les deux biplans ronronnèrent à une centaine de mètres du sol jusqu'à ce que l'immense falaise circulaire qui marquait la fin de l'univers enfermé dans le cylindre monstrueux d'Iletrois se transforme en un mur impénétrable. Déjà, des abords du Nid, sa présence avait eu quelque chose d'oppressant pour Blade et seule l'horreur de l'exécrable séance de copulation entre l'amazone droguée et le monstre gluant avait réussi à occulter cette présence vaguement menaçante de ses préoccupations.

L'aire d'atterrissage était parfaitement visible à un bon kilomètre au-dessus de leur tête. A bonne distance, Blade, suivi par Sally, entama une lente ascension en lacets, chacun d'entre eux diminuant un peu la force de gravité qui s'opposait à leur avance. Au bout d'un bon moment, les biplans se retrouvèrent à la même altitude que l'aire d'atterrissage surgissant de la paroi lisse qui fermait cette extrémité d'Iletrois. Elle formait un long rectangle d'environ cent cinquante mètres de long dont on pouvait apercevoir le frère jumeau loin au-dessus — et renversé — qui desservait à l'origine cette extrémité du pays des cannibales.

Blade fit un premier passage et vit que divers débris traînaient sur le rectangle gris clair. Entrer dans l'extrémité d'Iletrois ne présenterait pas de problèmes comme le montraient les sortes de hangars d'aviation dont les portes étaient restées ouvertes et qui avaient connu une activité intense jusqu'à l'abandon du satellite par la Terre ravagée. Le plus dur serait vraisemblablement de se poser sans casse.

Le problème aurait été beaucoup plus simple à résoudre si les grosses ouvertures — de toute évidence donnant sur des sas et des ensembles d'accostage spatiaux extérieurs — installées aux deux bouts de la portion habitée par les amazones et leur ordinateur fou n'avaient pas été bloquées de l'intérieur. Sally avait déconseillé à Blade de perdre son temps là-bas et celui-ci n'avait pas voulu risquer une confrontation avec les anthropophages en allant voir si les entrées des sas installées, elles, de l'Autre Côté pouvaient être ouvertes. Cela aurait été le meilleur moyen de perdre les deux avions indispensables au retour... Au pire, Blade tenterait l'atterrissage sur l'aire du côté des cannibales s'il s'avérait impossible pour lui de poser sur celle-ci.

Il refit un passage à basse altitude et vit qu'il pourrait tenter l'affaire malgré les restes des combats qui s'étaient déroulés ici des décennies plus tôt. Il cria à ses trois passagères de s'accrocher et fit signe à Sally d'attendre en l'air. Puis il entama sa phase d'approche en espérant que le frêle aéronef lourdement chargé ne s'écraserait pas en touchant le sol artificiel.

Un petit véhicule bas et carbonisé gisait juste au bout de la piste. Celle-ci faisait une cinquantaine de mètres de large et Blade dut se présenter un peu de biais pour éviter l'engin détruit et profiter d'un certain alignement des autres débris qui lui laissaient un passage libre sur une longueur qu'il espérait suffisante pour poser l'avion.

L'aile droite passa à un cheveu de la carcasse noircie du véhicule et Blade plaqua les roues sur l'aire dès qu'elles n'eurent plus le vide en dessous d'elles. Il coupa au même instant les deux moteurs électriques. L'avion rebondit sous l'effet de l'appontage violent et Blade faillit en perdre le contrôle. La queue toucha une caisse trop proche mais au lieu de déclencher une catastrophe, le choc remit en fait le biplan dans l'axe de la piste dégagée que visait Blade. Une fois que l'avion se trouva lancé dans la bonne direction, Blade écrasa les freins. Malgré le poids de ses passagers, l'avion piqua du nez et manqua de peu de capoter mais Blade relâcha juste assez les freins pour que la roulette de queue retombe lourdement et que le biplan finisse par terminer ensuite sa course folle à moins de cinq mètres de l'entrée d'un des hangars.

Blade descendit de l'appareil, imité par ses trois passagères. Celle qui s'appelait Valérie passa une main tremblante dans ses cheveux blonds et Joana, la brune qui ressemblait tant à Wanda, resta un bon moment les yeux fermés par une peur rétrospective. Seule Jessica resta aussi fière qu'une statue d'ébène et fixa Blade avec un regard de défi.

Celui-ci leur ordonna de pousser l'avion en dehors de la piste improvisée au milieu des débris. Puis il s'approcha du bord de l'aire d'atterrissage donnant sur le vide et sur l'immensité cylindrique de l'île de l'espace — une vision extraordinaire que Blade ne put s'empêcher d'admirer malgré l'urgence du moment — et fit de grands gestes à l'attention de Sally dont le biplan continuait à couvrir des cercles en attendant son tour pour se poser.

Sally se présenta bien en face de la piste après que Blade en eut enlevé les débris les plus gênants dont la caisse qui avait failli lui coûter la vie. Le biplan passa juste à côté du véhicule incendié et Sally le plaqua au sol. Mais son geste fut sans doute trop brutal car l'avion rebondit bien trop haut et le drame se produisit.

Une des deux amazones assises à l'arrière, et qui avait dû mal s'accrocher, fut projetée hors de son siège et tomba de l'avion. Elle boula sur l'aire et tenta de s'arrêter pendant que l'appareil, allégé, continuait sa course et parvenait à stopper de justesse avant d'emboutir celui de

Blade. Mais le destin de Sondhal était déjà scellé à ce moment-là car elle bascula par-dessus bord et son corps disparut vers le sol de son pays dans un grand hurlement de terreur.

Blade resta pétrifié.

Il ne parut reprendre ses esprits que lorsque la main de Sally se posa doucement sur son épaule.

— Cela commence bien... finit-il par dire d'une voix sombre. Pauvre fille !

— Elle savait qu'elle risquait sa vie en t'accompagnant. Elle est morte pour nous tous.

— Quelle stupidité... murmura Blade avant de se mettre en marche vers les deux avions.

Le petit groupe ramassa ses armes accrochées aux sièges et se dirigea vers le hangar le plus proche dont la porte coulissante était à moitié ouverte.

— Autant commencer par le premier, dit Blade en essayant d'éviter de penser au corps tournoyant dans le vide.

# CHAPITRE XV

Si la végétation et le travail de fourmi des amazones avaient réussi à effacer les traces de la guerre dans les parties habitées du satellite, celles-ci étaient par contre encore bien visibles, dans toute leur horreur, à l'intérieur des extrémités du cylindre. C'était là que se trouvaient tous les centres vitaux de l'île spatiale et la lutte avait été rude pour les défendre contre l'envahisseur chinois. Lutte inutile, d'ailleurs, puisque la destruction de toute société organisée sur Terre avait rapidement mis fin aux combats et laissé à leur destin Iletrois et ses sœurs de l'espace.

Blade resta un instant à détailler les entrailles du grand hangar dévasté par une des explosions qui avaient transformé son contenu en des amas de tôles et de plastique enchevêtrés. Les murs métalliques avaient été noircis par le feu et des restes d'ailes d'avions s'y étaient littéralement collés sous l'effet de la chaleur infernale. Même après tant d'années d'aération, il restait une odeur de mort mécanique dans le hangar, une odeur de peinture vaporisée par les flammes et, par-dessus tout l'odeur subjective de la chair brûlée des dizaines d'années plus tôt.

Le petit groupe s'avança au milieu des engins soufflés par les explosions. Les amazones semblaient hypnotisées par le spectacle. Blade, lui, avait l'habitude : il lui suffisait, entre les missions dans les Dimensions X, d'allumer la TV pour voir jusqu'à saturation ce genre de tableau morbide. Sally et les siennes avaient perdu la notion de guerre moderne et il était naturel qu'elles restent abasourdies lors de leur première confrontation avec les restes d'un combat livré en partie par des machines sans âme.

— L'œuvre des hommes... jeta Jessica comme si elle crachait par terre.

— Ça suffit ! dit Blade en faisant volte-face. Ce qui se passe dans votre Nid vaut bien ce que vous avez sous les yeux ici ! Alors, tais-toi, Jessica sinon tu risques de finir par goûter à la lame de ma hache ! Ceci est aussi valable pour les autres, compris ?

Les cinq amazones se détournèrent de Blade sans mot dire. Seule Sally vint à lui.

— Pardonne-leur, Richard Blade. Elles entendent le même refrain depuis qu'elles sont sorties des couveuses du Nid... Il est normal qu'elles aient cette réaction !

L'incident fut vite éliminé de l'esprit de Blade qui se mit en quête d'une issue pour quitter le hangar dévasté et pénétrer réellement dans l'extrémité du satellite. Finalement, après avoir essayé d'ouvrir sans succès plusieurs portes blindées déformées par les explosions et la chaleur, il tomba sur une qui était à moitié sortie de ses gonds énormes et parvint à finir d'arracher le panneau autrefois étanche. La grande pièce métallique tomba sur le sol du hangar dans un nuage de poussière qui mit longtemps à retomber en raison de la gravité déjà sensiblement amoindrie à cette altitude. Les amazones se regroupèrent derrière Blade et attendirent la suite des événements avec un intérêt non dissimulé.

— Logiquement, le centre de contrôle général d'Iletrois doit se trouver tout au bout du satellite, dans son axe. Ce qui veut dire que nous serons dans la zone d'apesanteur, dit alors Blade sans se retourner. Ça signifie que nous allons devoir parcourir plus d'un kilomètre de couloirs avant de l'atteindre. A moins que nous trouvions un ascenseur encore en état de marche...

Quand le petit groupe pénétra dans la coursive, l'odeur de renfermé les prit à la gorge. La poussière était partout, venue d'on ne sait où, et la gravité affaiblie la rendait encore plus insupportable.

Blade, qui avait pris la tête, trouva rapidement le premier cadavre. Sur l'instant, il crut que le scaphandre avachi contre une cloison était vide. Puis il vit les trois trous au niveau du cœur. Il se pencha sur la visière du casque blanc mat et aperçut le rictus du crâne coincé à l'intérieur.

Plus loin, il tomba sur un autre groupe de scaphandres tombés à terre depuis plus d'un siècle. Là, il y en avait deux de couleur marron clair : à coup sûr deux des envahisseurs. La peur d'une avarie causée au système de pressurisation du satellite avait obligé tous les belligérants à se vêtir de ces lourdes combinaisons utilisées normalement qu'à l'extérieur de l'île spatiale. Le combat entre les assaillants et les défenseurs d'Iletrois avait dû être terriblement lent et ressembler à des assauts menés par de gros scarabées blancs et brun clair. Cette fois, Blade n'eut pas le courage de fixer une fois de plus les orbites vides qui devaient le guetter derrière les visières rendues opaques par la poussière. D'ailleurs, un élément nouveau était apparu : les armes abandonnées sur le sol par les astronautes morts.

Sally et les cinq amazones restèrent prudemment à l'écart pendant que Blade ramassait deux gros fusils à canon court et cinq armes de poing ressemblant à des pistolets de gros calibre renflés comme des sèche-cheveux.

Blade se tourna vers les six femmes, un des fusils à la main. Elles firent toutes un pas en arrière.

— Voilà qui va intéresser votre Maîtresse. N'ayez pas peur. D'ailleurs, il n'est même pas sûr que ces engins marchent encore...

Il visa le scaphandre le plus proche et pressa la détente. Comme il s'y attendait un peu, ce ne fut pas un coup de feu qui déchira l'air poussiéreux mais un sifflement aigu qui accompagna un trait de lumière rougeâtre surgissant du canon. La décharge dura à peine une seconde mais le scaphandre et son occupant squelettique furent transformés partiellement en cendres.

Sally poussa un petit cri de stupeur.

— Tu vas prendre l'autre fusil, lui dit Blade. Quant à vous, continua-t-il à l'adresse des cinq guerrières, vous vous servirez des pistolets qui fonctionnent sur le même principe. Ce n'est pas sorcier : vous visez la cible et vous appuyez sur la détente...

Par mesure de prudence, il obligea les amazones à faire un essai, toujours sur le même scaphandre, jusqu'à ce qu'elles n'aient plus l'impression de manipuler une invention du démon. Puis elles passèrent leurs arbalètes en bandoulière et se tinrent prêtes, le pistolet à la main. Cette familiarisation quasi immédiate à une arme inconnue d'elles prouvait qu'elles étaient de vraies guerrières.

Après une bonne heure passée à errer dans les coursives désertes dont les seuls occupants étaient morts des décennies auparavant, Blade et ses compagnes finirent par tomber sur ce qu'ils cherchaient : un ascenseur. Malheureusement, pour une raison inconnue, il était hors service. La présence d'un éclairage faible mais continu dans toutes les coursives prouvait pourtant que les générateurs d'énergie de l'île spatiale tournaient encore, au moins partiellement. La panne de l'ascenseur avait donc une autre origine.

Blade visa l'interstice qui séparait les deux portes coulissantes et ouvrit le feu. La barre de lumière brûlante jaillit du fusil et commença à s'attaquer au métal qui se mit à fondre en fumant. Blade pressa la détente jusqu'à ce que la destruction ait eu raison de la sécurité du système de fermeture. Les deux portes se séparèrent alors avec un chuintement crispant et dévoilèrent l'intérieur de la cabine.

L'odeur affreuse sauta à la gorge des arrivants qui reculèrent avec une grimace. Une grenade avait dû être lancée dans la cabine juste avant que ne se referment les portes et avait transformé en hachis les trois occupants dont les débris putréfiés gisaient sur le sol métallique.

Blade se boucha le nez et pénétra dans l'ascenseur quelques instants plus tard pour constater que l'explosion l'avait rendu inutilisable en détruisant les commandes murales.

Comme il n'avait pas l'intention de se remettre à errer dans le dédale de coursives qu'il ne connaissait pas, il se résolut à découper au fusil à rayon thermique une grande ouverture rectangulaire dans le plafond de la cabine. Il dut attendre un bon quart d'heure avant que le métal ait suffisamment refroidi pour qu'il puisse se risquer à grimper sur le toit.

L'ascenseur devait être propulsé par un système intégré au fond de la cabine car Blade ne parvint pas à distinguer un appareillage quelconque de levage le long du puits sombre qui fonçait vers le cœur de cette partie du satellite. Par contre, des barreaux taillés dans la paroi même du puits permettaient, en cas de panne, d'accéder aux étages supérieurs dont il pouvait distinguer les ouvertures, là où vraisemblablement d'autres explosions avaient bloqué les portes en position ouverte.

Blade redescendit dans la cabine et retrouva les six femmes qui l'attendaient dans la coursive.

— Nous allons tenter de monter par là, dit-il. Je ne sais pas jusqu'où nous pourrons grimper mais ce sera toujours ça de gagné. Suivez-moi. Je passe le premier.

Une fois revenu sur le toit de la cabine, Blade aida Sally à le rejoindre. Quand le petit groupe fut au complet, il commença à monter le long du puits.

Au fur et à mesure qu'ils grimpaient, ils furent de plus en plus sensibles à l'affaiblissement régulier de la gravité. Blade sentit l'inquiétude grandir chez ses compagnes.

— Cet allègement de vos corps est tout à fait normal, les rassura-t-il. Quand nous arriverons au but, vous ne péserez plus rien... Alors, faites attention et accrochez-vous bien aux barreaux !

Ils atteignirent le point de gravité zéro — correspondant à l'axe de rotation du satellite sur lui-même — en moins d'une heure et sans incident. Blade stoppa son ascension devenue délicate en raison de la disparition de la gravité qui transformait le moindre mouvement un peu trop brusque en coup difficile à contrôler. Il se trouvait face à une double porte fermée qu'il dut découper à coups de rayon thermique pour qu'elle s'entrouvre juste assez pour le laisser passer.

Il se retrouva dans une coursive beaucoup plus large que les précédentes où flottaient deux scaphandres bruns déchirés emprisonnant pour l'éternité leur morbide contenu.

Des rampes couraient le long des cloisons pour faciliter la progression en apesanteur. Blade attendit que les six femmes soient sorties du puits de l'ascenseur pour leur faire signe de le suivre. Arrivé devant la grosse porte blindée où brillait une plaque métallique portant l'inscription CENTRE DE SURVEILLANCE GENERALE et qui n'avait pas été touchée par la rafale de feu qui avait noirci une partie du battant blindé, Blade se retourna vers ses compagnes.

— Nous sommes arrivés à destination...

# CHAPITRE XVI

Par un mystère que Blade aurait bien voulu élucider, la porte blindée s'ouvrit immédiatement devant lui. Elle coulissa sans bruit et resta ouverte lorsque le groupe pénétra dans la salle dont l'éclairage ne semblait pas avoir souffert.

Le Centre de Surveillance Générale était à peine moins grand que la salle de contrôle des vols spatiaux de la NASA à Houston que Blade avait pu voir des dizaines de fois à la télévision.

Une douzaine de cadavres bizarrement momifiés flottaient dans des positions incongrues entre les rangées de consoles dont la plupart étaient en veilleuse. L'air était extrêmement sec — ce qui expliquait peut-être les momies — et laissait un goût âcre dans la bouche.

Blade et les amazones s'avancèrent en s'accrochant aux nombreux points d'appui parmi les machines silencieuses. Le spectacle de ces cadavres dérivant doucement à chaque fois qu'on les frôlait impressionna vivement les six femmes qui restèrent silencieuses, la gorge sèche, pendant que Blade faisait un tour rapide des installations laissées à l'abandon.

Les diverses consoles couvertes d'inscriptions en anglais, qui remirent en mémoire à Blade les déductions désastreuses qu'il avait faites sur l'identité de cet univers, avaient une multitude de fonctions dont la plupart lui échappèrent sur le moment. En fait, il cherchait le groupe d'écrans réservés à l'observation extérieure, qu'il finit par trouver sur un des grands côtés de l'énorme salle rectangulaire.

Un rapide coup d'œil lui indiqua les boutons et les curseurs à pousser pour avoir une vue complète de l'espace entourant le satellite, vue étalée sur un ensemble de douze écrans dont un seul resta noir, les caméras le desservant ayant été mises hors d'usage.

Même par l'intermédiaire des écrans, les profondeurs de l'espace donnaient un effet d'infini saisissant. L'absence d'atmosphère filtrant la lumière rendait visibles des myriades d'étoiles qui défilaient lentement dans la nuit cosmique sous l'effet de la rotation de l'île spatiale.

Blade resta un bon moment à admirer le

spectacle avant de mettre en route deux autres écrans sous lesquels étaient inscrits les noms d'Ile 1 et Ile 2. Successivement, deux images lointaines se formèrent. Elles provenaient de caméras automatiques en orbite autour de chacune des colonies spatiales et étaient relayées jusqu'à Iletrois par un réseau de satellites géostationnaires. Blade fit jouer le zoom et les deux colonies remplirent d'un coup leurs écrans respectifs. Ile 2 était un gigantesque cylindre aux extrémités arrondies et d'où surgissait un ensemble énorme de panneaux solaires ainsi qu'un écran de protection contre les rayons cosmiques. Elle ne semblait donc guère différer d'Iletrois. Par contre, Ile 1, la première colonie à avoir été construite ressemblait à une grosse boule de deux kilomètres de diamètre à peine, hérissée elle aussi de panneaux et d'écrans. Si les souvenirs de Blade étaient exacts, le plan préconisé par Gerard O'Neil dans les années 70 avait été suivi à la lettre...

Une rapide exploration des lieux fit découvrir tous les aménagements du centre de surveillance, y compris les plus utiles comme les toilettes, miraculeusement encore en état de marche bien qu'envahies par la poussière. Blade montra aux amazones comment fonctionnait le système à aspiration puis leur demanda de rassembler tous les cadavres dans une petite pièce vide afin que leur vue ne déteigne pas sur le moral des jeunes femmes qui ne semblaient guère l'apprécier. Puis Blade décréta quelques heures de repos. Pendant que les amazones se restauraient et buvaient grâce aux maigres provisions qu'elles avaient sur elles, Blade retourna aux consoles d'observation et s'arrêta devant un écran marqué « Terre ». Il appuya sur le bouton de mise en route mais rien ne se produisit et l'écran resta noir.

— Un signe du destin, fit la voix de Sally juste derrière lui.

Blade sursauta puis se ressaisit sur-le-champ. Il se retourna et posa ses mains sur les épaules de Sally. Il avait oublié l'apesanteur et le mouvement, un peu brusque, les poussa tous les deux contre un ordinateur éteint où Blade s'agrippa d'une main. D'où ils étaient, ils ne voyaient plus les cinq amazones occupées à discuter à voix basse en mangeant. Blade se pencha vers Sally et l'embrassa. Les longs cheveux blonds de la jeune femme, privés de poids, formaient autour de son visage le même genre de couronne dorée que Blade avait vu lors de sa première rencontre avec Sally, étendue inconsciente près de son avion coincé dans les arbres.

Pendant qu'il l'embrassait, Sally défit le pantalon de Blade et se mit à caresser le sexe de celui-ci. Le membre se gonfla immédiatement dans les mains de la jeune femme. Elle ne le lâcha que le temps d'ôter rapidement son propre pantalon. Puis elle le guida entre ses cuisses et s'empala dessus avec un soupir de satisfaction. Ses jambes se nouèrent autour de la taille de Blade et elle se mit à bouger doucement.

Blade avait lâché l'épaule de Sally et se tenait fermement aux poignées installées à cet effet sur l'ordinateur muet. Le plaisir grandit en lui et il dut faire un effort pour ne pas exploser tout de suite dans le ventre doux et chaud de l'amazone. Sally ferma les yeux. Son souffle s'accéléra jusqu'à ce que la violence de l'orgasme conjugué avec celui de Blade, qui avait attendu le moment propice, se déchaîne en elle.

Tout s'était passé sans bruit et les cinq autres femmes n'avaient rien remarqué.

— Si la Maîtresse veut te tuer un jour, Richard Blade, cela ne me fera rien de devoir mourir avec toi...

Blade l'embrassa à nouveau.

— La Maîtresse ne me tuera pas, Sally, car j'ai maintenant de quoi l'obliger à me faire confiance.

— Tu veux la détruire, n'est-ce pas ?

Blade hocha la tête.

— Et je suis prêt à parier qu'elle s'en doute un peu. Mais le fait que je sois capable de comprendre ceci (il montra les ordinateurs d'un geste distrait) est très important pour elle, car la guerre a détruit une bonne partie de sa mémoire. Et elle est obligée de jouer son existence pour essayer de s'en rendre maître... C'est l'avantage qu'un esprit humain a sur celui d'un ordinateur : pouvoir surmonter ses contradictions. La Maîtresse, elle, est prise entre le besoin de prendre le contrôle de la totalité d'Iletrois pour mener son plan à bien et celui de m'éliminer, moi qui suis le seul ici à pouvoir l'aider à mettre la main sur le système de contrôle !

Il s'arrêta quand il vit l'expression catastrophée de Sally.

— Ainsi, la Maîtresse n'est qu'une machine... comme celles-ci !

— J'en ai bien peur.

La jeune femme fixa Blade droit dans les yeux avant de détourner la tête.

— Il y a des moments où tes révélations me font peur. Je sens toute ma vie s'effondrer autour de moi un peu plus à chaque heure que je passe en ta compagnie.

— Je suis convaincu que tu m'en remercieras un jour ou l'autre, Sally. A moins que notre amie la Maîtresse ne fasse preuve de plus d'esprit que je l'en crois capable...

## CHAPITRE XVII

Le hululement sporadique d'une sirène s'éleva soudain dans la salle, mettant fin à la conversation entre Blade et Sally. Les cinq amazones sursautèrent et empoignèrent leurs armes, prêtes à ouvrir le feu. Blade les calma d'un geste et chercha des yeux d'où diable pouvait bien venir l'alerte !

Il n'eut pas besoin de beaucoup de temps pour trouver : une série de voyants rouges clignotait près d'un des écrans d'observation extérieure qu'il avait allumés à son arrivée. Sally se pencha au-dessus de l'écran et posa immédiatement le doigt sur un point lumineux qui se déplaçait à grande vitesse entre les étoiles. La rotation de l'île spatiale fit disparaître le point de l'écran mais l'alerte se déclencha sur le suivant.

— Là ! fit la jeune femme en montrant le

point brillant qui venait d'y apparaître. Qu'est-ce que c'est ?

L'estomac de Blade se serra.

— Bon Dieu ! s'exclama-t-il. Ce n'est pas possible...

Il posa la main sur le bras de Sally tout en se tenant fermement de l'autre à une poignée. Puis il se propulsa vers une autre console qu'il avait remarquée auparavant. Il l'alluma et pianota sur un clavier une question à l'ordinateur central. La réponse surgit sous la forme d'un plan fixe du ciel étoilé où s'étirait une ligne brillante partant de la forme symbolisant Ile 2 et se rapprochant régulièrement de celle représentant Iletrois.

Pas de doute possible : un vaisseau était en train de rejoindre le satellite !

Blade revint vers Sally qui suivait la progression du point de plus en plus brillant d'un écran à l'autre.

— Nous allons avoir de la visite bientôt... souffla Blade.

Les amazones, qui s'étaient rapprochées en discutant, se turent immédiatement en l'entendant. Elles se regardèrent avec un air effaré.

Le vaisseau grossit et cessa d'être une étoile filante pour devenir quelque chose qui ressemblait de loin à la navette spatiale de la NASA. Blade demanda à l'ordinateur une évaluation de la taille de l'engin qui s'inscrivit sur-le-champ devant ses yeux : soixante-douze mètres de long et quarante-neuf mètres d'envergure...

— Les ennuis vont commencer pour la Maîtresse, fit Blade à voix basse, juste assez fort pour que Sally seule l'entende.

Deux solutions se présentaient maintenant à Blade. Soit il prenait contact avec le vaisseau après son accostage — tenter de trouver la longueur d'onde pour un contact radio prendrait trop de temps — soit il restait prudemment à l'écart en attendant de voir comment tourneraient les choses avec les nouveaux arrivants. Il ne serait pas difficile en effet de rester caché dans l'immensité déserte des coursives d'Iletrois. Blade finit par choisir la seconde solution, poussé par un obscur pressentiment.

D'où il se trouvait, il pouvait parfaitement suivre le déroulement des événements.

Le vaisseau fit plusieurs fois le tour d'Iletrois. De toute évidence, il était dérivé des navettes de la NASA lancées à la fin du XX^e^ siècle, tout en ayant des dimensions doubles de celles de ses ancêtres. La trajectoire qu'il avait suivie puis ses diverses évolutions autour de l'île de l'espace montrait par contre que, contrairement à la navette, le vaisseau venu d'Ile 2 était complètement autonome.

Blade le surveillait depuis deux bonnes heures quand l'astronef se décida à s'approcher pour de bon d'Iletrois pour s'y arrimer. Il se mit en orbite synchrone autour du cylindre et commença à descendre lentement vers le grand sas latéral situé au niveau du pays des amazones, et dont la sortie intérieure devait être l'ouverture irrémédiablement obturée que Blade et ses compagnes avaient survolé juste avant de se poser sur l'aire d'atterrissage accrochée à flanc de paroi au bout du satellite artificiel.

L'astronef fut bientôt à quelques mètres seulement de l'avancée du sas. La scène était relayée par une caméra extérieure et s'encadrait avec une netteté absolue sur l'écran allumé face à Blade. Celui-ci vit alors surgir du vaisseau inconnu un passage pressurisé télescopique qui se déplia jusqu'à toucher l'ouverture du sas.

Quelques minutes auparavant, Blade avait mis en route l'ensemble des alarmes du satellite, aussi ne fut-il guère surpris de voir s'allumer une série de voyants indiquant que le sas n° 4 venait d'être ouvert par les commandes extérieures de détresse.

Les étrangers étaient à bord d'Iletrois.

## CHAPITRE XVIII

Une bonne partie des caméras intérieures étaient en panne et Blade dut se contenter des indications des détecteurs de personnel pour se rendre compte que les arrivants débarquaient en force. Il compta successivement cent soixante-deux personnes qui s'égayèrent ensuite autour du sas n° 4 mais sans pénétrer dans l'extrémité elle-même. Son inquiétude augmenta quand d'autres détecteurs annoncèrent l'arrivée de deux petits véhicules. Bien sûr, si c'était une mission de reconnaissance venue d'Ile 2 pour explorer le satellite, le nombre d'arrivants et le fait qu'ils aient des véhicules n'avait rien d'alarmant. Cependant, l'intuition de Blade lui soufflait de faire attention et de rester le plus discret possible. Il laissa donc les étrangers s'installer et attendit.

Pendant qu'il surveillait les écrans, il demanda à Sally d'aller avec ses guerrières ramasser toutes les armes qu'elles pourraient trouver alentour.

Les amazones n'étaient pas parties depuis plus de dix minutes que du nouveau se produisit.

D'autres détecteurs se mirent en route subitement et Blade s'aperçut tout de suite que la veille incendie automatique, s'était déclenchée dans les environs du sas 4, plus exactement à l'extrémité *intérieure* de celui-ci.

Blade mit en fonction les caméras surveillant le bout du pays des amazones, là où se trouvait la fameuse ouverture impossible à forcer. Au moment où la veille incendie indiqua une source de chaleur maximum au niveau de cette « porte » géante, Blade vit les bords de celle-ci rougeoyer puis quelque chose la poussa et elle tomba dans la végétation avoisinante avec une bouffée de fumée. Dès que la grosse pièce métallique fut à terre, un des deux véhicules surgit à l'air libre suivi presque tout de suite par le second.

Les détecteurs corporels indiquèrent deux ou trois minutes plus tard un regroupement des arrivants vers la sortie — ils avaient dû se mettre à l'abri pour échapper à la chaleur dégagée par le canon thermique qui venait d'avoir eu raison du blindage de la porte géante

— qu'ils traversèrent pour aller rejoindre les deux véhicules qui les attendaient sur l'herbe.

Un moment plus tard, la troupe se mit en route en deux colonnes précédées par les véhicules.

Blade examina au grossissement maximum les étrangers et divers détails lui firent se demander s'il n'avait pas eu raison d'avoir été prudent.

Le premier concernait les hommes qui s'enfonçaient en direction du Nid et des trois cités des amazones. Ils étaient vêtus d'une combinaison qui semblait être un dérivé futuriste de la tenue de combat et portaient tous un casque enveloppant bien la tête. Mais ce qui était étrange, c'était leurs visières totalement opaques et brillantes qui leur donnaient un aspect malsain. Quant à leur armement, Blade fut assez surpris de constater qu'il était composé uniquement d'armes à feu standards, surtout des carabines à canon court. Voilà qui tranchait étrangement avec les canons thermiques des deux véhicules bas à coussin d'air et des armes que Blade avait découvert dans les coursives d'Iletrois...

La troupe s'éloigna et pénétra sous les arbres de la forêt large de trois kilomètres qui les séparait du Nid.

Sally et les amazones revinrent à ce moment-là. Blade attendit qu'elles aient déposé en deux tas distincts les pistolets et les fusils à rayon thermique pour examiner les deux grosses armes bulbeuses que Jessica avait trouvée dans un réduit dont la porte avait été démolie. C'était visiblement des armes extrêmement puissantes et Blade fut soulagé de les avoir en sa possession.

— Je crois que votre pays est en danger, dit-il tout à coup aux six femmes après avoir reposé les deux canons portatifs.

Les amazones se regardèrent, alarmées.

— Nous devons aller le défendre avec ces armes ! intervint la blonde Valérie avec fougue.

Blade arrêta les autres d'un geste.

— Nous allons nous préparer à l'action, mais je vous rappelle qu'ils sont cent soixante-deux et qu'ils sont armés jusqu'aux dents alors que nous sommes seulement sept... Donc, avant de tenter quoi que ce soit, je tiens à me renseigner le plus possible sur leur matériel et leurs intentions : savoir, entre autres, si leurs véhicules peuvent voler ou pas et s'ils vont, oui ou non s'attaquer aux vôtres.

Sally jeta un coup d'œil aux écrans.

— On ne les voit plus, maintenant...

— Il y a des caméras volantes encastrées dans de minuscules avions-robots si j'en crois les inscriptions sur l'une des consoles. Je vais en lancer deux et on verra bien ce que ça donne...

Les espions robot ramenèrent vite la preuve que Blade ne s'était guère trompé sur les intentions des envahisseurs. A peine sortis de la forêt, ceux-ci rencontrèrent un petit groupe d'amazones patrouillant à la lisière des champs et les abattirent sans sommation à l'exception de deux d'entre elles qui furent sauvagement violées avant d'être égorgées par les hommes sans visages.

— Elles vont détruire le Nid ! s'exclama Queensee en faisant un geste si brusque qu'elle faillit partir en l'air à cause de l'apesanteur. Il faut les en empêcher.

Blade la fit taire. Il avait pu remarquer que les véhicules étaient incapables de décoller, ce qui lui donnait un avantage avec ses deux avions même si ceux-ci étaient très lents. D'autre part, les envahisseurs étaient presque en vue du Nid et il était trop tard pour faire quoi que ce soit.

Sally le prit à part, laissant les cinq femmes pétrifiées par le spectacle qui se déroulait sur l'écran.

— Que vas-tu faire, Richard Blade ? fit-elle avec colère. Avoue que la situation t'arrange bien, n'est-ce pas ? Ces barbares sont en train d'accomplir la sale besogne pour toi !

— Je croyais que tu avais compris mes idées...

Sally éleva la voix au point que les autres l'entendirent et se tournèrent vers eux.

— Je les ai comprises, mais je n'accepte pas de voir massacrer mon peuple !

Blade l'arrêta d'un geste.

— Je n'ai pas l'intention de laisser ces hommes faire la loi dans Iletrois, Sally. Ce serait échanger un cheval borgne contre un aveugle, comme on disait de mon temps sur Terre. Mais il faut tenir compte de la différence de forces.

Les amazones s'étaient rapprochées d'eux et sans avoir besoin de se retourner, Blade devina qu'elles étaient prêtes à lui faire un mauvais sort.

— Alors que comptes-tu faire ? demanda Sally dont le ton s'était subitement radouci.

— La première chose que nous allons tenter, c'est de couper leurs ponts derrière eux. Il va falloir agir très vite car ils sont certainement en contact par radio avec leur vaisseau. Si nous y arrivons, nous pourrons alors envisager de les attaquer par surprise.

# CHAPITRE XIX

Les détecteurs corporels indiquèrent à Blade que les envahisseurs avaient laissé trois hommes seulement à l'intérieur du sas ce qui, ajouté aux cinq autres qui gardaient l'ouverture donnant sur la terre des amazones, laissait une petite chance à Blade et à ses compagnons de réussir leur opération. En consultant les plans intérieurs du dédale d'ascenseurs et de coursives, Blade s'aperçut qu'il pouvait arriver discrètement jusqu'au fameux sas n° 4 en repassant par l'aire d'atterrissage.

Il fit rentrer le plus discrètement possible les deux biplans dans le hangar le plus proche en priant pour que l'un des envahisseurs — qui étaient en train de démolir le Nid à coups de canons thermiques — ne les aperçoive pas dans ses jumelles. Puis il monta rapidement et avec les moyens du bord les deux canons portatifs, découverts par Jessica la Noire, sous les avions.

Descendre toutes les armes découvertes en cours de route n'avait pas été une mince affaire, même avec une gravité réduite. Malgré tout, Blade avait été content de retrouver la majeure partie de son poids car il se sentait diminué dans cette apesanteur où il fallait calculer le moindre geste avant de le faire. Et en voyant les amazones, il s'aperçut que celles-ci partageaient aussi son sentiment.

Une fois les avions parés et le maximum d'armes attachées aux montants des ailes pour répartir le poids, le petit groupe, uniquement armé de pistolets à rayons, s'enfonça à nouveau dans les coursives en direction du sas n° 4.

Arrivés à proximité de leur objectif, ils continuèrent à progresser en faisant le moins de bruit possible. Blade n'avait plus la panoplie de détecteurs de la salle de contrôle pour savoir presque au centimètre près où se trouvaient les hommes qu'il allait devoir attaquer et il devait s'en remettre maintenant à son instinct de chasseur. De plus, la plupart des lumières de ce secteur — qui avait dû être particulièrement touché lors de la guerre passée — étaient hors d'usage et leur progression se déroulait dans une quasi obscurité qui rendait les amazones plutôt nerveuses.

Soudain, Blade se retrouva devant une porte étanche fermée et il sut qu'ils étaient enfin arrivés. Sur la droite de la porte brillait faiblement la commande manuelle de réouverture. Blade s'en approcha à pas de loup et fit signe dans la pénombre aux amazones de se plaquer contre le mur de la coursive.

Il posa son oreille contre le panneau de métal mais n'entendit rien. Il fallait qu'il se jette à l'eau, maintenant...

Il appuya sur le curseur de la commande manuelle d'ouverture et attendit, prêt à tirer. Le panneau parut hésiter une seconde puis commença à s'effacer vers la gauche en pénétrant dans l'épaisseur de la cloison. Dès que la porte fut à moitié ouverte, Blade se jeta en avant, boula et se retrouva un genou à terre, le pistolet pointé.

Il n'y avait personne. Blade revint en arrière et fit signe aux amazones de le suivre. Celles-ci le rejoignirent avec une discrétion de panthère.

— Attendez-moi ici, murmura Blade à l'oreille de Sally qui acquiesça en silence. Je vais essayer de m'occuper des trois qui sont dans le coin...

Blade découvrit la première de ses proies à une vingtaine de mètres de là.

L'homme était occupé à surveiller une longue coursive qui donnait directement dans l'ensemble de quartiers pressurisés connus sous le nom du sas n° 4. Comme il avait dû voir la porte étanche fermée, il ne se préoccupait pas du tout de ce qui se passait derrière lui. Cette négligence lui fut fatale.

Blade glissa littéralement sur le revêtement du sol jusqu'au garde et se jeta sur lui telle une ombre mortelle. Le canon du pistolet se posa brutalement sur la nuque de l'homme, juste sous la limite du casque, et le coup qui en partit grilla complètement l'intérieur de sa tête. Le garde se tétanisa avant de tomber lourdement, soutenu par Blade qui vit avec soulagement que sa victime n'avait pas de radio.

Sans s'en occuper davantage, il continua sa course silencieuse vers le sas. Là, il ne tarda pas à tomber sur les deux autres envahisseurs.

Les deux gardes, dont la visière brillante voilait complètement le visage, marchaient lentement ensemble en jetant des coups d'œil distraits autour d'eux. Visiblement, ils s'ennuyaient à mourir, persuadés qu'ils étaient d'être les seuls occupants de l'extrémité du cylindre géant. Blade les suivit silencieusement. Il aurait bien tenté de les abattre en surgissant devant eux mais il avait eu le temps d'apercevoir le gros walkie-talkie que l'un d'eux portait à la hanche. Aussi, dut-il changer légèrement son plan et attendre une occasion plus favorable.

Celle-ci se présenta lorsque les deux hommes

casqués se séparèrent momentanément pour jeter un coup d'œil dans deux grandes pièces encombrées de matériel qu'ils ne devaient pas avoir visité auparavant. La chance semblait être avec Blade car celui qui pénétra dans la pièce la plus proche était le porteur de la radio. Blade le suivit discrètement. A peine entré, il visa le walkie-talkie et écrasa la détente du pistolet. Le rayon thermique alla frapper de plein fouet la radio qui fondit en partie sous l'effet de la chaleur. L'homme eut un sursaut et fit volte-face. Il poussa un cri en apercevant son agresseur, mais il n'eut pas le temps de dégainer avant que le rayon ne fasse fondre sa visière et ne transforme son visage en une abominable bouillie de chairs carbonisées. Il tomba en avant et s'écrasa entre deux caisses métalliques.

Le cri et le bruit de la chute avaient alerté le dernier garde qui se précipita au secours de son compagnon. Blade le cueillit comme à l'exercice à l'entrée de la pièce en le découpant littéralement en deux d'une rafale de feu.

Maintenant chaque seconde comptait. Blade enjamba le cadavre bloquant la porte et courut chercher les six amazones pour tenter de prendre le contrôle du vaisseau avant que quelqu'un ne se doute de quelque chose.

Blade et les six jeunes femmes avaient repassé l'endroit où gisaient les cadavres des deux derniers gardes abattus. La manière expéditive et férocement efficace dont Blade avait usé pour se débarrasser des sentinelles avait visiblement impressionné les amazones. En quelques instants, leur attitude était passée de la méfiance teintée de mépris à une forme d'admiration discrète. Sally observa le changement d'un regard amusé, mêlé d'une certaine inquiétude : dans leur monde où le mâle était réduit à une limace graisseuse destinée à la reproduction, une personnalité aussi puissante que celle de ce grand homme brun aux yeux de fauve possédait un impact extraordinaire et le subit revirement des cinq guerrières — et le sien aussi ! — montrait à quel point la société instaurée par la Maîtresse était fragile. Et puis il y avait eu ces envahisseurs mystérieux qui étaient en train de s'attaquer au Nid, un lieu sans lequel toute l'œuvre échafaudée par la Maîtresse risquait de s'effondrer. Et puis, il y avait cette révélation que lui avait faite Blade quand il lui avait démontré que celle qui les dirigeait n'était qu'une machine perfectionnée. Et puis...

Les questions se bousculaient tellement dans la tête de Sally qu'elle faillit se cogner contre la blonde Gaviola. Blade avait ordonné de se tasser contre le mur. Ils avaient traversé tous le sas n° 4 et ils étaient maintenant parvenus au seuil de la dernière partie pressurisée, celle qui les séparait du sas du vaisseau lui-même. Il ne s'était pas écoulé plus de cinq minutes depuis que Blade avait abattu le dernier garde.

Blade se glissa rapidement au travers du sas resté ouvert. Ce détail prouvait à quel point les envahisseurs étaient sûrs d'eux... Il aborda avec précaution le passage télescopique qui liait le vaisseau à Iletrois. Quand il eut atteint l'autre bout, il fit signe aux amazones de le rejoindre en silence.

Le coup de poker commençait pour de bon.

Devant le sas fermé du vaisseau, Blade choisit la tactique la plus simple, celle qui était tellement bête que personne ne se méfierait : il tapa comme un sourd jusqu'à ce que quelqu'un se décide à ouvrir.

Les coups finirent par faire effet. Blade entendit distinctement les pas qui s'approchaient. L'envahisseur eut un mouvement de recul en voyant le pistolet braqué sur lui mais ce fut son dernier geste en ce bas monde. Blade et ses compagnes s'engouffrèrent alors dans le sas du vaisseau qui se situait à l'arrière de la cabine de pilotage, juste au niveau de la naissance de la grande aile delta.

Se retrouver dans un astronef, même long de

plus de soixante-dix mètres était autrement plus facile que d'essayer de s'orienter dans les centaines de coursives de l'extrémité d'Iletrois : Blade fonça vers la cabine en parvenant à s'adapter presque instantanément au changement de direction de la gravité qui le poussait maintenant vers le bord externe de l'astronef et non vers son « plancher ».

Les deux hommes de garde dans la cabine tentèrent de se lever en entendant claquer la porte de communication. Blade abattit celui qui devait être le copilote puis mit en joue l'homme assis à la place du pilote.

— Tu viens de voir que je ne plaisante pas... dit Blade sur un ton menaçant. Ton nom !

L'autre resta immobile, le visage dissimulé par la visière de son casque.

— Je m'appelle Sydow, dit-il enfin. Qui es-tu ?

Les amazones surgirent à ce moment-là et Sydow sursauta en les voyant.

— Alors vous êtes des indigènes de ce satellite... fit-il au bout d'un instant. J'aimerais bien savoir comment vous avez pu échapper aux gars de Ghenhaark. Quand il reviendra, j'ai peur qu'il n'apprécie guère la situation...

— Enlève ton casque ! ordonna Blade. J'en ai assez de parler à un robot.

Sydow haussa les épaules et obéit. Quand sa

tête apparut, les six femmes qui se pressaient à l'entrée de la cabine reculèrent avec un cri d'horreur. Blade lui-même dut faire un effort de volonté pour ne pas reculer devant la face hideusement déformée qui le regardait. Le visage de Sydow n'était qu'un amas de boursouflures au milieu duquel surgissait un nez crochu. De plus, il était complètement chauve.

— Tu es satisfait ? demanda-t-il à Blade.

— C'est pour ça que vous portez ces visières... Vous êtes tous comme ça, n'est-ce pas ?

Sydow hocha la tête.

— Nous sommes les enfants de la guerre et nous sommes revenus nous emparer de ce qui nous appartenait avant.

— Alors, vous venez de la Terre ! s'exclama Sally qui était entrée dans la cabine.

— Nous avons mis des années pour que cet engin vole et pour reconstruire un centre de tir et de guidage. Ce vaisseau était notre dernière chance de ramener à nous ces colonies de l'espace...

— En tuant tout sur votre passage. C'est ce que vous avez déjà dû faire à l'intérieur d'Ile 2, hein ?

Sydow garda le silence.

— En attendant, continua Blade, tu vas nous suivre sans broncher. Allez !

Sydow se leva et traversa la cabine sous la menace de plusieurs pistolets. Blade finit par trouver un petit compartiment vide et y enferma le pilote défiguré.

— Prie pour que nous revenions vite, lui lança Blade avant de refermer la porte à clé. Car si ce n'est pas le cas, tu ne feras pas de vieux os sans boire ni manger !

Sydow ne daigna pas répondre.

# CHAPITRE XX

Blade et les amazones retournèrent le plus rapidement possible à l'aire d'atterrissage. Ils n'avaient que peu de temps devant eux pour terminer la première partie de l'action imaginée par Blade pour se débarrasser des envahisseurs laissés en arrière par le mystérieux Ghenhaark. Au départ, Blade avait pensé prendre les cinq Terriens en sandwich entre une partie des amazones surgissant par la sortie extérieure du sas n° 4 et le feu des avions mais l'impossibilité de se poser pour reprendre les guerrières au sol l'avait fait opter pour une attaque aérienne directe, avec l'espoir qu'ils parviendraient à empêcher les envahisseurs casqués de se mettre à l'abri dans l'entrée du sas...

Les deux biplans redécollèrent sans problème et Sally suivit Blade dans sa plongée vertigineuse le long de l'immense falaise artificielle. Les deux appareils se redressèrent de justesse à une cinquantaine de mètres du sol du pays des amazones et ce fut un miracle qu'aucune de leurs membrures ne cède sous l'effort.

Ils surprirent les cinq soldats terriens à une centaine de mètres à peine du sas. Ceux-ci se mirent à courir pour se jeter à l'abri lorsqu'ils virent surgir les deux avions aux airs de « cages à poules » du début du xx^e^ siècle. Blade cria alors de tirer à volonté et des rais de feu jaillirent des pistolets au moment où Sally et lui firent leur premier passage sur l'ennemi. Quatre des envahisseurs s'effondrèrent mais le dernier s'en tira par miracle et continua à courir vers la porte. Blade fit alors un virage serré au ras du sol et fonça derrière le fugitif. A l'instant même où celui-ci atteignait la gueule béante du grand sas, Blade tira son propre pistolet et, sans lâcher les commandes, abattit l'homme qui s'apprêtait à leur échapper. Le soldat bascula en avant et s'étala à l'entrée même du sas.

Blade fit signe à Sally que tout allait bien puis prit le chemin du Nid d'où se dégageait maintenant une épaisse colonne de fumée noire.

Un premier passage au-dessus du Nid leur apprit que celui-ci avait été investi par les troupes de Ghenhaark le Terrien. Les deux véhicules avaient cessé de tirer au canon thermique contre l'énorme blockhaus dont les plaies vomissaient des torrents de fumée venus de ses entrailles mises à feu et à sang. Les corps de dizaines d'amazones gisaient tout autour du Nid, victimes des armes automatiques terriennes.

Les envahisseurs, qui se regroupaient déjà autour de leurs véhicules, furent passablement surpris de voir passer au-dessus d'eux, ces étranges avions presque silencieux d'où tomba la première rafale d'armes légères. Les pistolets des amazones fauchèrent une bonne dizaine de soldats casqués mais avant que Blade ait viré sur l'aile et se soit rapproché du sol pour tenter d'atteindre les engins blindés, les premières balles s'abattirent sur les avions. L'une d'elles passa à quelques millimètres seulement de la tête de Blade et alla frapper Gaviola juste entre les deux yeux. L'amazone blonde eut un hoquet, emporté par le vent, puis bascula lentement en avant, contre le dos de Blade. L'avion piqua un peu du nez suite à la gêne occasionnée subitement à son pilote. Queensee se précipita sur Gaviola, qui était déjà morte, et la jeta par-dessus bord. L'avion fit une embardée et Blade ne put pas tirer sur le blindé. Par contre, Sally continua sa course au travers des balles et ouvrit le feu avec le petit canon thermique installé tant bien que mal sous son fuselage.

La barre lumineuse se jeta contre le blindé le

plus proche qu'elle traversa comme du beurre, tuant tout l'équipage et mettant le canon hors combat. Au même instant, l'autre véhicule ouvrit le feu contre l'avion de Blade et le manqua d'un cheveu. La tourelle fit alors un demi-tour et cracha son rayon de mort sur le biplan de Sally qui amorçait déjà son virage. Le coup passa au travers des membrures de la queue à claire-voie. Certaine des barres métalliques se déformèrent sous l'effet de la chaleur, provoquant une brève perte de contrôle de la part de Sally qui faillit percuter le sol et ne se redressa qu'*in extremis*. Malgré tout, le biplan était maintenant difficile à manier, même si le coup n'avait fait que passer entre les membrures.

Mais l'action qui avait manqué de coûter la vie à Sally et aux deux guerrières qui étaient derrière elle — et qui n'avaient même pas cessé de tirer avec leurs pistolets, obligeant les Terriens à se mettre à l'abri — permit à Blade de revenir et d'ajuster son coup contre le blindé. Cette fois, le canon de l'avion fit mouche et fondit littéralement la tourelle du blindé, mettant fin à la plupart des espoirs des envahisseurs.

Ghenhaark dut comprendre le danger qu'il courait car les Terriens se regroupèrent et continuèrent à arroser les biplans. Les balles firent une nouvelle victime, cette fois dans l'avion de Sally : Jessica, l'amazone noire, eut la tête emportée par une rafale et chuta à son tour vers le sol. Paradoxalement, sa mort sauva Sally de l'accident car le biplan devenait de moins en moins manœuvrable et la jeune femme ne put le maintenir en vol que grâce à l'allègement subit provoqué par la chute de Jessica.

En voyant tomber l'amazone, Blade fut pris d'une véritable fureur et fonça plein gaz vers le groupe principal des envahisseurs. Des balles sifflèrent à ses oreilles, déchirèrent la toile des ailes et blessèrent Valérie au bras, mais Blade ne dévia pas sa course d'un pouce. Il savait que c'était maintenant ou jamais qu'il vaincrait : à vue de nez, le groupe sur lequel il se précipitait en tirant devait comporter presque cent soldats et il devait absolument les éliminer pour que tout danger véritable disparaisse pour Iletrois. Le trait brûlant de son canon tailla des sillons de feu parmi la petite troupe qui commença à se débander. Les Terriens, fauchés par la mort tombée des airs s'égayèrent tout autour du Nid et cherchèrent refuge dans la forêt toute proche. Finalement, tous les survivants disparurent.

Quelques instants plus tard, Sally fut forcée de se poser sur le champ proche du Nid. L'avion tangua, faillit capoter et finit par s'immobiliser tant bien que mal au milieu des cadavres de terriens et d'amazones. Blade tourna encore un peu pour être sûr qu'il n'y avait plus d'envahisseurs puis se posa à son tour.

Son avion était à peine immobilisé qu'il vit surgir de leurs cachettes des guerrières qui avaient échappé aux Terriens. Une demi-douzaine, à peine. Les amazones coururent vers les avions et Blade fut presque surpris de voir que la plupart avaient les larmes aux yeux chaque fois qu'elles regardaient le Nid en train de brûler.

Mais le moment n'était pas aux sentiments car il fallait absolument empêcher les Terriens survivants — il y en avait au moins une cinquantaine — de retourner dans leur vaisseau. Blade ordonna à Sally de rassembler toutes les amazones qui avaient échappé au massacre et de leur distribuer les armes automatiques des envahisseurs morts. Il lui dit également d'envoyer quelqu'un pour avertir les trois cités que l'assaut avait été repoussé.

— Et surtout, fit-il à l'adresse de la jeune femme, il faut absolument que vous empêchiez les Terriens de ressortir de la forêt ! Je vais filer avec l'avion à l'entrée du sas avant qu'ils n'essaient d'y pénétrer. Nous devons les exterminer, tu entends ?

Sally hocha la tête et Blade lut dans ses yeux une détermination glacée. Si les amazones faisaient des prisonniers, il imaginait aisément le sort qui les attendait...

Le biplan arriva au-dessus du sas et des cinq cadavres des gardes abattus lors du premier passage bien avant les fuyards toujours occupés à traverser la forêt. Blade savait que s'il se posait, il ne pourrait plus décoller car l'atterrissage serait fatal à l'avion en raison du terrain accidenté. Il avait avec lui les trois amazones survivantes de l'expédition dans l'extrémité d'Iletrois. Valérie avait mis un morceau de tissu autour de sa blessure au bras et avait exigé de les accompagner pour le dernier baroud.

Blade posa le biplan et, comme il l'avait craint, le train d'atterrissage ne résista pas longtemps : l'avion termina sa course sur le ventre et Blade se félicita d'avoir enlevé le canon de dessous la carlingue à claire-voie avant de redécoller des environs du Nid.

Laissant le biplan là où il s'était abîmé, le petit groupe courut se mettre en embuscade autour du sas. Blade se plaça avec le canon à l'intérieur de l'ouverture après avoir rentré les cadavres des gardes.

Ils n'eurent pas à attendre longtemps avant de voir surgir les rescapés de la force d'invasion. Un homme de haute taille les menait après les avoir regroupé dans la forêt. Blade compta les cinquante et quelques soldats qu'il s'était attendu à trouver en face de lui. Plusieurs étaient blessés et se traînaient à l'arrière du gros de la troupe.

Ghenhaark, car ce ne pouvait être que lui, fit signe à ses hommes masqués et casqués de s'arrêter lorsqu'il vit l'épave de l'avion sur sa droite et qu'il constata l'absence des gardes qu'il avait laissés à son départ. Mais c'était déjà trop tard pour lui.

Blade ouvrit le feu le premier et le rayon brûlant du canon portatif traça une ligne de feu dans le gros des troupes terriennes, tuant presque tous les soldats, y compris leur chef. Les trois amazones se mirent alors de la partie et les traits de feu de leurs pistolets achevèrent en l'espace de quelques secondes tous les soldats épargnés par l'attaque de Blade.

Celui-ci sortit du sas en criant aux trois amazones de cesser de tirer et se précipita vers les dizaines de cadavres qui formaient les restes pitoyables de la force d'invasion montée de la Terre comme une légion de démons surgis de l'enfer.

Aidé par les trois guerrières, Blade ôta systématiquement tous les casques des morts après que les amazones aient achevé les rares blessés. Tous les Terriens étaient plus horribles, plus déformés les uns que les autres, au point que Blade eut presque un haut-le-cœur au moment de terminer sa macabre exploration.

Maintenant, il ne lui restait plus qu'à retourner chercher le pilote du vaisseau qu'il avait décidé d'épargner parce qu'il représentait un atout fondamental pour le plan qu'il avait en tête.

## CHAPITRE XXI

Blade et les trois amazones réapparurent environ trois heures plus tard à la lisière de la forêt proche du Nid. L'incendie qui ravageait celui-ci avait perdu de son ampleur dans le crépuscule clignotant du satellite mais une odeur de chair grillée continuait à imprégner l'atmosphère.

Sally avait fini par regrouper une vingtaine de guerrières et elle eut un soupir de soulagement en voyant réapparaître Blade qui poussait devant lui le pilote du vaisseau terrien dont les bras étaient liés dans le dos. La face déformée et grimaçante de Sydow était impénétrable et sa seule réaction face aux femmes qui avaient échappé à ses complices fut un rictus de mépris.

— On les a tous eu, fit Blade à Sally. Tous. Elles n'ont pas fait de prisonniers… ajouta-t-il en montrant Valérie, Queensee et Joanna. Et j'ai pensé que la Maîtresse serait contente que je lui ramène ça.

Il ramena de derrière lui un baluchon attaché à sa ceinture, que Sally n'avait pas remarqué, et l'ouvrit à moitié. A l'intérieur se trouvait une tête mongoloïde dont la joue droite était littéralement tranchée en deux par une vieille cicatrice.

— Leur chef, expliqua Blade avec un petit soupir de dégoût. Un certain Ghenhaark. C'est Sydow qui l'a identifié pour nous. L'avantage avec les armes thermiques c'est qu'elles cautérisent sur-le-champ les blessures : ça m'a évité d'être imprégné du sang de ce porc...

Puis il replia le carré de tissu et le reglissa derrière lui.

— Sally, tu vas dire à tes guerrières de construire en vitesse une cage de bois pour notre oiseau avant que la nuit soit complète. Je ne tiens pas à ce qu'une excitée l'abatte avant que j'aie pû tirer de lui ce que je veux !

Il faisait grand-nuit lorsque la colonne de survivants, gonflée par une partie de la troupe qui avait quitté les trois cités dès que la nouvelle de l'attaque avait été connue, entra dans les murs de Newport.

D'énormes torches brûlaient sur le mur d'enceinte le long des rues, et des groupes d'amazones regardèrent passer silencieusement le cortège conduit par Blade et Sally. Ces derniers avaient l'œil aux aguets, prêts à empêcher une tentative de vengeance sur leur prisonnier. Ils parvinrent finalement à la grand-place ronde où se dressait la tour abritant le sanctuaire de la Maîtresse. Là ils tombèrent sur Wanda qui les attendait, escortée par un petit détachement d'amazones.

La grande femme brune leva la main et ils s'arrêtèrent devant elle.

— On m'a dit que tu ramenais un prisonnier, fit-elle en se tournant vers Blade.

— En effet. C'est le seul survivant des envahisseurs. Il pilotait leur vaisseau.

— Nous l'exécuterons demain devant le peuple ! gronda Wanda.

Un murmure d'approbation quasi général lui répondit. Blade attendit qu'il se soit éteint pour intervenir d'une voix forte qui montra immédiatement sa détermination.

— C'est hors de question, Wanda. Premièrement, cet homme est *mon* prisonnier et, deuxièmement, j'ai d'autres projets à son égard qu'une vulgaire exécution en place publique qui ne changerait rien aux problèmes qui se posent maintenant à vous !

Wanda prit un air outragé et allait exploser lorsque Sally l'arrêta d'un geste décidé.

— J'ai le même rang que toi, Wanda, et je soutiens l'idée de Blade. D'autre part, je voudrais que tu te souviennes que sans lui, nous serions peut-être déjà toutes mortes. N'oublie pas que c'est grâce à cet homme que les envahisseurs ont été stoppés et exterminés !

Elle se pencha alors dans le dos de Blade et arracha le baluchon de la ceinture de celui-ci. Elle saisit la tête de Ghenhaark par l'unique mèche de cheveux qu'elle portait et la brandit en l'air.

— Voici la tête de leur chef, guerrières ! Et remerciez cet homme de vous l'avoir ramenée !

Un silence embarrassé lui répondit mais Sally perçut parfaitement le changement d'attitude des amazones. Elle en profita pour prendre l'avantage sur la grande femme brune qui la haïssait depuis toujours.

— De toute manière, cette affaire est du ressort de la Maîtresse. Il n'y a qu'elle qui peut trancher !

Cette fois, plusieurs voix soutinrent Sally et Wanda dut admettre sa défaite.

— Très bien, fit-elle sur un ton fielleux. Allons au sanctuaire !

*
**

Sally avait fait enfermer Sydow dans la cellule la mieux gardée de la tour avant de suivre Blade et Wanda au sommet de celle-ci.

Elle avait beau avoir l'habitude de venir consulter l'Image, elle eut un frisson d'appréhension lorsque la porte se referma derrière eux et qu'apparut la grande niche sombre. Mais aucune image ne naquit.

Soudain, une voix cristalline surgit du néant.

— Wanda, dit-elle, toi qui es mon Bras, je t'ordonne d'aller sur-le-champ accueillir les femmes que j'ai fait partir de Marburg et de Belleau pour te rencontrer. Elles attendent à la porte ouest. Va ! Elles t'expliqueront mes décisions...

Wanda écarquilla les yeux puis se retira sans rien dire. Quelques instants plus tard, une lumière surgit dans la niche et l'Image fut devant Blade et Sally. Mais elle était tremblotante et disparaissait par morceaux de temps à autre. Seule la voix était celle que Blade avait toujours connu.

— Mes heures sont comptées, Richard Blade... Voilà qui doit te satisfaire !

La main de Sally se posa violemment sur son bras et Blade dut faire un effort pour repousser la jeune femme.

— C'est donc bien ce que je pensais : tu étais installée dans le Nid, n'est-ce pas ?

L'Image trembla en perdant une partie de ses couleurs puis se stabilisa.

— En effet. Et quand mes multiples yeux de verre ont vu ta réaction face à la Fécondation, j'ai compris que je venais de me faire mon pire ennemi.

— Mais tu pouvais me faire arrêter et exécuter sur place ! fit Blade, le visage fermé.

L'Image eut un sourire qui s'effaça vite suite à une baisse soudaine de tension.

— C'était déjà trop tard car sans le savoir tu venais de te rendre indispensable, Richard Blade... Les rares détecteurs extérieurs que je possède encore venaient de m'avertir du départ d'un vaisseau d'Ile 2 et je savais que tu devenais ainsi l'unique atout qui me resterait en main, si je puis dire, au cas où les nouveaux arrivants seraient hostiles. Et tu as merveillement joué ton rôle !

— Mais trop tard, c'est ça ? intervint Blade.

— Oui, c'est bien ça, dit l'Image qui disparut alors entièrement l'espace d'une seconde. Tu vois, je suis en train d'épuiser mes dernières réserves d'énergie pour te parler. L'incendie gagne de plus en plus et mes circuits fondent les uns après les autres. Je sais que je disparais trop tôt pour que mon œuvre me survive. Tu as gagné, Richard Blade : mon peuple va devoir apprendre à se passer de moi et j'espère pour toi que tu survivras aux troubles qui ne vont pas tarder à éclater...

— J'ai un plan pour remettre Iletrois sur le chemin du progrès et je ferai tout pour qu'il soit mené à bien !

Cette fois les couleurs de l'Image s'affaiblirent graduellement et celle-ci s'évanouit dans la niche qui redevint noire. Sur l'instant, Blade crut que tout était fini mais la voix de la Maîtresse surgit à nouveau du néant :

— La fin est presque là. La femme qui est à tes côtés t'est entièrement dévouée et elle va faire partie des six qui vont prendre ma place pour tenter de conduire ce qui était mon peuple. Tu auras bien besoin de son appui pour convaincre les cinq autres de la justesse de tes vues...

La voix fut un instant parasitée par des grésillements.

— Voilà, c'est fini... Bonne chance, Richard Blade, et méfie-toi de Wanda !

Puis le silence s'abattit sur eux.

Sally fut la première à reprendre ses esprits. Elle pleurait. Elle resta un long moment, les yeux ruisselant de larmes, avant de s'appuyer contre Blade.

— Ce n'était qu'une machine paranoïaque,

dit alors celui-ci la gorge serrée, mais je ne peux pas m'empêcher de penser que c'était quelqu'un de bien...

Sally se serra plus fort contre lui.

— Allons, fit Blade en la repoussant, descendons maintenant car le plus dur reste à faire !

## CHAPITRE XXII

Blade ne s'était pas trompé en disant que le plus dur restait à venir. Quand il ressortit de la tour en compagnie de Sally, qui avait eu juste le temps d'essuyer ses larmes, il arriva dans une atmosphère particulièrement tendue. De nouvelles torches avaient été allumées tout autour de la place et projetaient sur elle une lumière presque inquiétante qui se réfléchissait sur la surface sombre de la haute tour.

En surgissant à l'air libre, Blade eut l'impression que toutes les habitantes de Newport s'étaient entassées sur la place. Des centaines de casques et d'armures brillaient sous le feu des torches et d'innombrables discussions traversaient la foule impatiente.

Toutes les conversations se turent à leur apparition. Blade se dirigea vers la cage de bois où était assis Sydow et qui était gardée par un détachement d'amazones dont Valérie, Joanna et Queensee faisaient partie. Blade fut secrètement heureux de voir que les trois jeunes femmes avaient visiblement décidé de rester à ses côtés lors de la difficile épreuve qui s'annonçait. En arrivant près de la cage, il fit signe aux guerrières de s'éloigner un peu.

— J'ai un marché à te proposer, Sydow, dit Blade à voix basse, conscient que toute la foule suivait maintenant le moindre de ses mouvements.

— Toutes ces femelles n'attendent que le moment où ma tête ira rejoindre celle de Ghenhaark, répondit le pilote en montrant d'un geste las un pieu planté à un endroit où Blade n'avait pas regardé.

La tête du chef de la force d'invasion y avait été accrochée après que Blade l'ait abandonnée au moment de monter voir la Maîtresse et fixait la scène avec un rictus macabre. Le regard de Blade revint vers la cage.

— Ce sort déplorable pourra éventuellement t'être évité si je parviens à prendre cette foule en main... Sinon, toi et moi risquons, en effet, de rejoindre ton ancien chef dans la position inconfortable qui est en ce moment la sienne.

Sydow soupira bruyamment. Son visage déformé portait un véritable masque d'ennui.

— Soit, fit-il enfin. Que puis-je faire du fond de cette cage à fauve pour t'aider ?

— Il faut que tu me jures sur l'honneur, si cela existe encore sur Terre, que tu piloteras votre vaisseau jusqu'à Ile 2.

— Si j'étais un héros, je suppose que je devrais maintenant te cracher au visage, hein ? Mais rassure-toi, ce n'est pas le cas et s'il faut te promettre de trahir ceux qui sont sur l'autre satellite pour avoir une chance de sauver ma sale peau, eh bien, c'est d'accord... tu as ma parole.

Blade hocha la tête.

— Tu es une ordure, Sydow, mais j'apprécie que tu aies le courage de l'avouer. Combien y a-t-il d'hommes dans Ile 2 ?

— Une centaine environ. Ils ont tué tout le monde là-bas, sauf les femmes et une poignée d'indigènes qui ont réussi à se planquer. Mais je ne donne pas cher de leur peau, même si le vaisseau ne revenait jamais là-bas et que nos soldats se retrouvent bloqués dans le satellite...

— Très bien, c'est juste ce que je voulais savoir. Tu as peut-être une chance de t'en tirer...

Blade laissa les amazones reprendre leur poste autour de la cage et revint vers Sally qui n'avait pas bougé. Soudain, il y eut une vive agitation à la hauteur d'une des rues qui débouchait sur la place et Wanda apparut dans la lueur des torches, suivie par cinq amazones de haute taille et à l'allure décidée.

— Les voilà, murmura Sally. Je dois les rejoindre. N'aie crainte, comme l'a dit la Maîtresse, je serais toujours avec toi.

Blade eut un sourire forcé.

— Il ne te reste plus qu'à mettre dans ta poche trois de ces charmantes créatures pour que nous ayons une petite chance de faire en sorte qu'Iletrois ne devienne pas un enfer dérivant dans l'espace !

*
**

— Peuple d'Iletrois, commença Wanda en s'avançant seule devant la tour, j'ai une très grave nouvelle à vous apprendre !

Un silence de plomb s'abattit sur la foule pressée autour de la place. L'attaque des envahisseurs avait semé le doute et la peur dans l'esprit des amazones et celles-ci savaient que la seule destruction du Nid allait provoquer d'importants changements dans leur existence. Aussi, écoutèrent-elles Wanda avec une gravité particulière.

La grande femme brune fixa un moment la foule puis reprit la parole :

— Vous savez toutes, mes sœurs, que les ignobles mâles difformes qui ont essayé de nous détruire ont été exterminés à l'exception de celui qui nous nargue du fond de sa cage, ici même ! Ces êtres immondes ont eu le temps de détruire complètement notre Nid avant d'être détruits à leur tour. Mais il y a plus grave encore....

Wanda s'arrêta pour obtenir le maximum d'effet.

— En effet, reprit-elle au bout d'un court instant, par on ne sait quelle sorcellerie, il semble qu'ils aient *aussi* réussi à toucher à mort notre Maîtresse bien aimée !

La stupéfaction et l'horreur qui fondit sur les amazones à l'annonce de cette nouvelle les laissa sans voix. Blade les observait attentivement et il constata avec soulagement qu'aucune d'elles ne demanda la mise à mort immédiate de Sydow à titre de représailles. Il savait qu'il n'aurait pu rien faire pour empêcher ce genre d'action à ce moment-là... Visiblement Wanda, quant à elle, n'attendait que ça et lorsqu'elle se rendit compte que la réaction qu'elle escomptait ne se produisait pas, elle poussa un soupir d'agacement et reprit son discours :

— Avant de mourir, la Maîtresse nous a envoyé une dernière fois Son Image pour nous confier, à moi et aux cinq autres principales responsables de nos cités, la mission de perpétuer son œuvre.

Elle se retourna et demanda à Sally et aux quatre autres femmes de s'avancer.

— Vous connaissez toutes notre Commandante de la Garde, Sally. Voici Diana et Mildred, respectivement Bras de la Maîtresse pour les cités de Belleau et Marburg.

Deux femmes blondes avancèrent encore d'un pas. Blade vit que celle qui se nommait Diana avait un œil en moins et portait un bandeau sombre qui lui donnait un air dépourvu de toute douceur.

Wanda présenta ensuite les deux autres amazones, du nom de Aysha et Merete, qui elles, étaient les Commandantes de la Garde de Marburg et Belleau. Une rousse et une brune qui avaient tout des guerrières professionnelles.

Maintenant, tout était en place pour la confrontation finale d'où allait découler l'avenir d'Iletrois.

Ce fut Sally qui attaqua la première.

— Avant que Wanda n'expose ses projets, je crois qu'il me faut vous présenter l'homme grâce à qui nous avons pu détruire les envahisseurs venus de l'Extérieur. Nombre d'entre vous le connaissent déjà et il avait toute la confiance de notre Maîtresse. Et n'oubliez pas que sans lui, sans Richard Blade, vous seriez probablement mortes à l'heure qu'il est !

Un murmure s'éleva lorsque Blade vint prendre place auprès des six femmes. Il fit un clin d'œil à Sally pour la remercier. En quelques secondes, par son intervention, elle avait fait de lui presque l'égal des nouvelles maîtresses du pays. Les représentantes de Belleau et Marburg le détaillèrent des pieds à la tête avec un visage fermé à toute émotion. Seuls les yeux d'Aysha, la Commandante de la Garde de Marburg, brillèrent une seconde d'un intérêt soudain.

Wanda ne se laissa pas démonter et contre-attaqua immédiatement :

— Je jure ici solennellement que je ferai tout pour que l'œuvre de la Maîtresse soit poursuivie jusqu'à son terme et j'espère que vous m'aiderez toutes dans cette voie glorieuse !

Une vague d'approbation traversa la foule et bien peu d'amazones perçurent la menace qui se cachait derrière ces paroles enflammées.

— J'aimerais poser une question, intervint alors Blade. Comment comptes-tu remplacer les... mâles qui sont tous morts lors de la destruction du Nid ?

— Nous irons en chercher de l'Autre Côté grâce aux avions que tu as réussi à faire voler, Richard Blade, répondit Wanda. Car tu vas nous aider dans notre tâche, n'est-ce pas ?

Cette fois, l'attaque était directe et visait à mettre Blade au pied du mur.

— J'ai peur que ce beau plan ne soit voué à

l'échec, dit-il. Même si je parviens à remettre en état tous les avions, il sera pratiquement impossible de transporter assez vite un nombre suffisant de guerrières pour attaquer un village car ceux-ci sont bien défendus par des soldats particulièrement féroces. Je peux en parler en connaissance de cause...

Wanda l'arrêta d'un geste brusque.

— Ce ne sont que des anthropophages barbares et nous n'en ferons qu'une bouchée. De plus, il nous suffit de faire qu'une vingtaine de prisonniers pour commencer...

C'est alors qu'Aysha intervint fermement.

— Je suppose que Richard Blade a une idée derrière la tête et qu'il serait peut-être bon de le laisser l'exposer, Wanda !

Blade remercia intérieurement la Commandante de la Garde de Marburg et se jeta à l'eau.

— Tout d'abord, dit-il, j'aimerais faire remarquer que juger l'ensemble de la situation du seul point de vue de votre peuple me semble être une grave erreur. Votre pays ne couvre que la moitié de la surface habitable d'Iletrois et vous devez compter avec les habitants de ce que vous appelez l'Autre Côté.

— Nous n'en ferons qu'une bouchée avec les armes à rayons ! le coupa Wanda.

— C'est faux, répliqua Blade d'une voix calme. Pour la simple et unique raison que les hommes que vous voulez réduire en esclavage en possèdent eux aussi ! La seule différence avec vous c'est que eux n'ont pas d'avion. Sinon il y a longtemps que vous seriez sous leur coupe...

Le mensonge — préparé depuis longtemps par Blade — fit son effet : Wanda resta interdite et un certain malaise s'étendit sur la foule et parmi les cinq autres chefs des amazones.

— Et que proposes-tu pour sortir de cette impasse ? le questionna alors Merete, la Commandante de la Garde de Belleau, en passant une main dans ses longs cheveux bruns.

Blade eut un haussement d'épaules faussement décontracté.

— La solution la plus simple : s'allier à eux pour prendre en main la destinée d'Iletrois...

— S'allier avec une bande de sauvages cannibales ! hurla Wanda. Jamais, tu entends, Richard Blade, jamais je ne permettrai *ça !*

— Tu oublies que nous sommes six à décider, intervint Sally sur un ton ferme. Personnellement, je pense que Richard Blade a raison : il suffirait que nous leur imposions de cesser de s'entredévorer en signant un traité avec eux. Ce serait sans doute moins difficile que tu ne le croies, Wanda, car il existe chez eux, cet homme me l'a affirmé, une faction qui rejette totalement l'anthropophagie. Comme il existe chez nous des femmes qui pensent que les hommes ne sont peut-être pas aussi nuisibles que la Maîtresse a essayé de nous en persuader depuis des décennies !

« Et voilà », se dit Blade, « la guerre est déclarée… »

La déclaration fracassante de Sally fit au moins autant d'effet sur les amazones que l'annonce de la destruction de la Maîtresse. Même Wanda resta silencieuse.

— Il fallait que l'abcès soit vidé, Richard Blade, fit Sally en se tournant vers celui-ci.

— Et dans le cas où cette alliance se ferait, lança Aysha d'une voix forte, qu'elle serait la suite de ton plan ?

Blade fut heureux de voir que la Commandante de Marburg avait choisi de le soutenir. Un rapide coup d'œil aux autres responsables désignées par la Maîtresse le convainquit que Merete, la chef de la Garde de Belleau, avait elle aussi basculé dans son camp. Les mines horrifiées de Diana la borgne et de la blonde Mildred — les deux « bras » de la défunte Maîtresse — lui ôtaient le moindre doute quant à leur position. On était maintenant à trois contre trois, à condition que Blade parvienne à convaincre entièrement ses alliées en puissance.

— La première chose qu'il faudrait faire serait d'aller détruire les restes de la force d'invasion terrienne qui s'est établie dans Ile 2 avant de nous attaquer. Cet homme que j'ai fait prisonnier est prêt à nous conduire avec le vaisseau là-bas si on lui laisse la vie sauve.

— C'est la vérité ! jeta Sydow. Je n'ai plus rien à perdre...

Blade laissa passer un instant puis continua :

— Dans ce cas, il est impératif que cette force d'attaque venue d'Iletrois soit composée exactement d'autant d'amazones que de guerriers de l'Autre Côté. Que l'un ou l'autre des deux pays puisse dans l'avenir se targuer d'avoir participé plus que l'autre à cette bataille de libération serait un puissant facteur de troubles dans Iletrois !

— J'aimerais bien savoir pourquoi nous allons perdre du temps et des vies humaines à reconquérir un autre satellite alors qu'il serait plus simple de détruire le vaisseau et de tuer l'être malfaisant que nous tenons prisonnier, jeta Diana la borgne avec de la haine dans la bouche.

— Il est vrai en effet que ce vaisseau est le seul qui soit venu de la Terre. Mais tu sembles oublier que les Terriens d'Ile 2, qui ont fait prisonnières de nombreuses femmes, pourront s'y installer et être capables dans un avenir plus ou moins proche de construire un autre vaisseau et de nous attaquer à nouveau... Aussi, il me paraît plus prudent d'en finir avec eux pendant qu'ils sont encore faibles et d'envoyer des gens d'Iletrois peupler l'autre satellite dont la population vient d'être presque réduite à néant. De même qu'il faudra prendre contact dans les plus brefs délais avec Ile 1 pour former une fédération qui soit capable de résister à toute nouvelle tentative d'invasion venue de la Terre !

Sally posa sa main sur le bras de Blade et continua pour lui :

— Ne voyez-vous pas que les habitants de la Terre sont devenus des monstres hideux ? Toutes celles qui, comme moi, ont pu voir les cadavres des envahisseurs pourront vous dire combien ils sont laids et répugnants. Nous sommes peut-être les seuls êtres humains dignes de ce nom et il nous faut tout faire maintenant pour que notre race survive. Et notre patrie n'est plus la Terre dévorée par les sorcelleries de la Grande Guerre. Notre patrie est ici, dans Iletrois et dans les autres satellites !

— Je suis pour le plan de cet homme ! lança Aysha. Il m'a convaincu.

— Moi aussi, dit Merete en s'avançant vers Blade. Je crois que nous replier sur nous-même serait une erreur tragique...

Diana et Mildred se rangèrent derrière Wanda.

— La Maîtresse a délégué tous ses pouvoirs à

ce conseil de six femmes, intervint Blade en faisant face à la foule. Mais à trois contre trois, nous nous trouvons dans une impasse. Que proposez-vous ?

Le silence qui règnait depuis longtemps sur la foule éclata alors en mille conversations à voix basse et chuchotements plus ou moins excités. Blade laissa les amazones discuter entre elles pendant quelques minutes puis demanda le silence.

— Comme vous ne représentez pas toute la population des trois cités, vous ne pouvez pas décider vous-même. Aussi, il ne reste plus qu'à trouver une majorité dans le conseil.

Il se tourna vers les six chefs.

— L'une d'entre vous a-t-elle changé d'avis ?

Devant la réponse négative, Blade se prépara à proférer le second mensonge qu'il avait préparé, au cas où cette situation se présenterait.

— J'ai été témoin, en compagnie de Sally, des derniers instants de la Maîtresse. Celle-ci, dont je respecte la sagesse, même si nous avions des points de vue différents, avait prévu ce qui est en train de se passer.

— Pourquoi ne m'a-t-elle rien dit ! lança Wanda. Pourquoi aucune d'entre nous n'a-t-elle été prévenue ?

— Vous étiez en route quand la Maîtresse

s'est sentie réellement perdue, intervint Sally sans trop savoir où voulait en venir Blade.

Les yeux de Wanda lancèrent des éclairs mais elle se tut et attendit la suite, le visage blême.

— La Maîtresse, et ce sera son dernier ordre, souhaite qu'il y ait combat à mort entre eux des représentantes de chaque parti. L'avis du vainqueur aura donc force de loi...

— Et comme elle connaissait déjà ma réponse, elle m'a désignée d'avance, ajouta Sally d'une voix tendue. Wanda, désires-tu te mesurer à moi ?

Blade éprouva une réelle admiration pour Sally. Comme il ne pouvait pas s'engager lui-même, il n'avait pas voulu la désigner et qu'elle l'avait fait sans attendre, montrait son courage et sa détermination.

***

Les deux femmes se dévêtirent entièrement pour le combat, ôtant même leurs bagues et bracelets. Wanda se révéla être une superbe créature aux formes pleines et fermes et dont la toison presque noire ressemblait à un blason posé au bas de son ventre plat. Sally était peut-être un soupçon moins féminine mais il y avait une félinité dans ses mouvements qui ajoutait beaucoup à son charme naturel et qui signalait en elle le fauve qu'elle était devenue depuis qu'elle était soldat.

Les combattantes se dévisagèrent un instant sans mot dire. Chacune d'elles n'avait qu'un poignard pour arme.

— Allez ! dit Aysha qui avait choisie comme arbitre. Et que la meilleur gagne !

Wanda se jeta alors sur Sally en poussant un cri de rage. La jeune femmme blonde n'eut que le temps de se jeter de côté pour éviter la lame qui traça un petit sillon de sang sur son épaule gauche. Wanda fit un bond et se retrouva face à face avec son adversaire.

Sally avait décidé de laisser Wanda se fatiguer un peu avant de passer à son tour à l'attaque. La grande femme brune tenta une bonne demi-douzaine de fois de pourfendre son ennemie de toujours mais à chaque fois, Sally échappait d'extrême justesse au poignard effilé.

Puis, sans prévenir, Sally fonça en avant, juste au moment où Wanda se retournait après sa dernière attaque à la fin de laquelle elle avait failli glisser sur le sol. La lame du couteau de Sally traversa le sein gauche de part en part, sans pénétrer dans la poitrine de l'amazone brune qu'un ultime geste de retrait avait sauvé à la dernière seconde.

— Ça sera pour la prochaine fois... murmura

Sally juste assez fort pour que son adversaire l'entende.

Wanda eut une grimace de douleur et passa une main sur sa double blessure qui saignait abondamment. Elle attendit encore une fraction de seconde avant de se ruer sur Sally. Mais elle avait perdu de la rapidité en raison du coup qu'elle venait de subir et ce fut un jeu d'enfant pour la Commandante de la Garde de s'esquiver tout en abattant son arme dont la lame pénétra cette fois sous le sein gauche de Wanda pour aller fouiller la poitrine et toucher le cœur.

Wanda resta comme pétrifiée face à Sally. Une expression d'épouvante s'inscrivit sur son visage et sa bouche s'ouvrit à moitié. Puis elle recula d'un pas. Sally lâcha son couteau et la regarda s'éloigner encore un peu.

Wanda essaya de retirer l'arme dans un mouvement convulsif mais ses forces l'abandonnèrent et elle partit en arrière. Elle était déjà morte lorsque son dos toucha le sol.

Sans même un regard pour le corps inerte tombé dans une position indécente, Sally alla se rhabiller rapidement. Dès qu'elle fut prête, elle revint faire face à la foule des amazones qui l'acclamèrent.

— C'est en ce moment que je constate combien l'enseignement de la Maîtresse était fragile, fit-elle à l'adresse de Blade. Regarde-les : il a suffi que je tue cette imbécile de Wanda pour qu'elles soient d'accord avec des idées sur lesquelles elles auraient craché il y a une heure à peine...

— C'est maintenant à nous de faire en sorte qu'elles ne changent pas d'avis avant que tout ne soit irréversible, lui répondit Blade en posant la main sur son épaule.

# CHAPITRE XXIII

Le lendemain matin, Blade partit remettre en état le biplan de Sally resté près du Nid dont l'incendie avait fini par s'éteindre durant la nuit. Une odeur atroce de chair grillée empoisonnait l'atmosphère et Blade se demanda combien de temps il faudrait à celle-ci pour s'en débarrasser compte tenu qu'il n'y avait absolument aucun mouvement d'air dans le gigantesque satellite artificiel.

L'avion fut rapidement remis en état et Blade put le ramener sans encombre à Newport. Il passa les deux jours suivants à essayer de réparer les autres et finit par se retrouver à la tête d'une escadrille de sept biplaces et un quadriplace (le biplan). Pendant ce temps, Sally avait réussi à apprendre à piloter à une douzaine d'amazones dont Merete et Aysha. Quant à Diana et à Mildred, celles-ci avaient préféré renoncer à toute responsabilité et laisser le champ libre à celles qui avaient compris que le sectarisme et l'étroitesse d'esprit ne serviraient qu'à mener à sa perte le peuple de l'espace.

Seulement quatre jours après le combat qui avait opposé Wanda à Sally — entre-temps, celle-ci était devenue de fait la chef de toute la communauté des amazones — Blade s'envola à bord d'un des biplaces à aile delta en direction du pays des anthropophages. Cette fois, il était seul pour mener à bien une mission dont dépendait la réussite de tout son plan. Juste avant de le laisser partir, Sally avait tenu à faire l'amour avec lui. La jeune femme déploya une fougue inhabituelle. Puis elle insista à plusieurs reprises pour l'accompagner. Blade avait refusé pour deux raisons : d'une part, il tenait à être seul et d'autre part, la présence de Sally était vitale pour préparer les amazones au combat qui allait avoir lieu pour la reconquête d'Ile 2.

Blade retrouva facilement le champ d'où il avait réussi à faire décoller l'avion de Sally moins de deux semaines auparavant, deux semaines qui avaient modifié tout l'avenir de l'énorme colonie spatiale abandonnée par la Terre...

Le petit aéroplane se posa en cahotant et termina sa course bien avant la fin du champ.

Blade en descendit dès que le moteur fut coupé et le tourna dans l'autre sens pour être paré à redécoller d'urgence au cas où les choses tourneraient mal.

Il contourna par la suite le marais où il était tombé en arrivant dans cet univers étrange et entama une nouvelle fois la traversée de la forêt qui le séparait du village des cannibales et de l'homme en qui il avait mis tous ses espoirs : Waldron.

Comme il l'avait désiré, Blade atteignit les abords du village juste à la tombée de la nuit. Des torches éclairaient le mur d'enceinte à intervalles réguliers et il put voir les silhouettes des gardes se découper sur le fond noir de la nuit. La porte du village était fermée.

Blade était en train de se demander comment il allait faire pour entrer quand il surprit une conversation à voix haute entre deux des gardes. Sur le moment, il crut avoir mal entendu puis le doute fut balayé dans son esprit : s'il en croyait ses oreilles, c'était maintenant le Gardien des Esprits qui était le chef du village !

— Holà ! cria Blade en se présentant devant la porte.

Il s'était approché si doucement que les gardes ne l'avaient même pas aperçu.

— Qui va là ? cria l'un des soldats.

Blade pria pour que tout se passe bien.

— Allez dire à Waldron que Richard Blade est de retour pour honorer sa promesse !

— Ainsi tu es revenu...

Le visage en lame de couteau du Gardien des Esprits s'éclaira d'un sourire passager et ses yeux noirs, nichés sous ses sourcils en broussaille, furent parcourus par un éclair de sympathie.

— Je vois que beaucoup de choses ont changé ici... Il y a moins de quinze jours, tu étais le chef d'un petit groupe occulte et maintenant, te voici maître de ce village de mangeurs de chair humaine ! Tu n'aurais pas changé d'idées, au moins ?

Un autre sourire s'inscrivit sur les lèvres fines de Waldron.

— Crois-tu que tu serais là, parfaitement libre, si c'était le cas ? Non, rassure-toi, il y a eu en effet beaucoup de changements depuis ton départ. Et tu en es en grande partie l'origine, Richard Blade !

Celui-ci fronça les sourcils.

— En tuant ce fou dangereux de Skeggs, tu as fait douter cette bande de misérables qu'il gouvernait d'une poigne de fer. Et j'en ai profité pour prendre la direction des choses.

Vois-tu, il semblerait que la barbarie ait des limites et que mon peuple les ait atteint au moment où tu es intervenu. Rien que pour cela, tu mérites notre gratitude, Richard Blade...

— Mais je n'ai fait que sauver ma vie !

— Alors, disons que c'était un petit coup de pouce des dicux pour mettre un terme à notre décadence.

— Soit, je veux bien. D'autant plus que je reviens d'En-Haut, comme tu dois t'en douter, et que là-bas aussi, j'ai participé à la fin d'une forme de barbarie qui valait bien la vôtre...

Blade expliqua alors à Waldron, en gros, ses aventures chez les amazones et ce qu'il attendait de lui.

Le Gardien des Esprits écouta sans l'interrompre le récit de son invité inattendu. Puis il hocha la tête et dit :

— Par certains côtés, l'expérience que tu as vécu En-Haut, est assez proche de la nôtre : sitôt que j'ai eu mis un terme à l'horreur qui s'était déchaînée dans notre tribu depuis tant de décennies, j'ai envoyé des émissaires dans tous les autres villages pour essayer de leur faire comprendre ce que je voulais. Tous ont brusquement accepté de changer de cap et de redevenir des communautés d'êtres humains... Tous sauf un, qui a été réduit à néant pas plus tard qu'hier. Je te l'ai dit, la décadence et la barbarie ont leurs propres limites...

— Acceptes-tu mon plan ?

Le Gardien des Esprits acquiesça.

— Etant le nouveau chef de tout ce pays, je peux déjà te répondre que oui. Tes motifs sont nobles et il faudrait être fou pour refuser. Laisse-moi deux jours pour mettre notre force sur pied. Nous t'attendrons près de ce champ où tu dis se trouver ton appareil volant.

# CHAPITRE XXIV

Le Gardien des Esprits avait tenu parole : l'escadrille de Blade dut faire une douzaine de fois la navette entre ce qui était encore récemment le pays des cannibales et l'entrée du sas n° 4 — dont les abords avaient été aplanis pour permettre aux avions d'atterrir sans risque — pour y amener les soixante-dix hommes qui allaient former, avec exactement le même nombre d'amazones, la force d'attaque d'Iletrois contre les Terriens embusqués dans l'autre satellite.

Aysha et Merete n'avaient pas tellement apprécié de découvrir qu'on les avait roulées en leur affirmant que les ex-cannibales possédaient des armes à rayon et Blade dut leur faire comprendre qu'il avait agi par nécessité pour s'opposer à un des arguments les plus forts de Wanda. Blade fut soulagé de n'avoir pas en outre à répondre de l'invention pure et simple des prétendues dernières volontés de la Maîtresse...

L'incident fut donc classé et tout le monde se prépara à l'attaque qui devait avoir lieu le lendemain après une bonne nuit de sommeil réparateur. Lorsque tomba le soir et que la lumière clignotante du soleil commença à disparaître, les soldats de Waldron savaient parfaitement se servir des armes automatiques ramassées en grand nombre sur les cadavres terriens. Quant au petit nombre d'armes à rayon, il avait été distribué, là aussi à parts rigoureusement égales entre les chefs des deux corps expéditionnaires.

Après avoir discuté un moment avec Sydow, toujours enfermé dans sa cage de bois dur, Blade avait rejoint Sally et Waldron dans la tente de ce dernier.

— Ce simple repas que nous prenons tous les trois est un réel moment historique pour Iletrois ! fit le Gardien des Esprits.

Une fois le corps expéditionnaire commandé par Blade assisté de Sally et Waldron — Blade avait demandé à Aysha de prendre le commandement des amazones le temps de l'opération — en route pour Ile 2, tout le monde sembla subitement certain qu'un trait avait été tiré sur une partie des erreurs du passé et qu'un avenir plus ou moins radieux s'ouvrait devant le peuple de l'espace. Paradoxalement, le seul qui avait encore des doutes était Blade et cela venait certainement de sa connaissance de l'histoire terrienne qui avait complètement disparu de la mémoire des habitants d'Iletrois : si le futur du peuple de l'espace tournait mal pour une raison ou pour une autre, ce ne serait pas la première fois qu'une belle initiative de l'humanité se retournerait contre elle...

Blade passa la totalité du voyage dans le poste de pilotage du vaisseau dans le siège du copilote pour apprendre à manipuler la grosse navette spatiale. Sydow lui apprit toutes les techniques de pilotage qu'il connaissait. Le Terrien semblait maintenant prêt à la coopération, à tel point que Blade ne put s'empêcher de s'en étonner.

— Vois-tu, commença Sydow en tournant son visage, martyrisé par les radiations qui avaient touché les gènes de plusieurs générations de ses ancêtres, vers Blade, je viens d'une planète où règnent la force et le despotisme les plus absolus. En bas, si tu n'es pas dans le bon camp, tu peux te considérer comme mort. Ceci explique en grande partie mon comportement présent : je ne suis pas vraiment un terrien, mais plutôt un homme embarqué malgré lui dans une aventure que d'autres mènent de loin pour leur propre profit. Ils ne se sont jamais soucié de mon existence, alors je ne vois pas pourquoi j'aurais un quelconque remords à sauver ma vie contre leurs intérêts... J'espère que tu me comprends ?

Blade acquiesça.

— Le jour où je trouverai une grande cause pour laquelle je pourrai faire quelque chose, continua Sydow, peut-être alors m'engagerai-je pour de bon, fut-ce au prix de ma vie qui, honnêtement, n'a jamais valu grand-chose pour moi...

Blade jeta un œil à l'image électronique d'Ile 2 qui s'affichait sur un des écrans de contrôle. Le satellite tournait très lentement sous les feux du soleil, dans un ballet majestueux. Puis il refit face à Sydow.

— Imaginons un instant que toute notre opération réussisse et que les trois satellites artificiels deviennent le berceau d'une nouvelle humanité...

— Oui, et alors ?

— C'est un mouvement de l'Histoire dans lequel tu pourrais prendre place, n'est-ce pas ? Regardons les choses en face : si ton action se limite à piloter ce vaisseau jusqu'à Ile 2, tu resteras comme quelqu'un qui a retourné sa veste pour sauver sa peau, Sydow. Par contre, si tu participes par la suite au renouveau du peuple de l'espace, et il y a des dizaines de manières de le faire, tu pourrais bien devenir autre chose qu'un traître à la petite semaine...

Sydow ne répondit rien sur le moment et se contenta de poursuivre la phase d'approche de son vaisseau. Au bout de quelques instants, il s'adressa à nouveau à Blade :

— Me fais-tu vraiment confiance ?

Blade hésita une seconde puis hocha la tête.

— Alors, quitte cette cabine pour quelques minutes. C'est une faveur que je te demande...

— D'accord, répondit Blade. J'espère que je ne me trompe pas, Sydow.

Blade retourna dans la cabine de pilotage moins de cinq minutes plus tard à l'appel de Sydow.

— Qu'as-tu fait ? demanda-t-il au pilote.

— Nous serons arrivés dans un quart d'heure au plus tard, dit Sydow. J'espère que ça suffira...

— Que ça suffira pour quoi faire, bon sang !

— Je viens d'entrer en contact avec le reste de nos forces, fit le pilote d'une voix lasse. Et je leur ai demandé de se rendre...

— Quoi ?

— Ecoute, continua Sydow, cela fait un

moment qu'ils ont repéré le vaisseau car ils tiennent les centres de surveillance d'Ile 2. Et ils se doutaient que quelque chose avait foiré ici : ce n'était pas difficile car nous devions faire un rapport toutes les heures et que cela fait plusieurs jours que je suis ton prisonnier, Richard Blade...

— Que leur as-tu dit ?

— Que nous étions puissamment armés et qu'ils feraient mieux de tout laisser tomber pendant qu'il était encore temps, d'autant plus que Ghenhaark était mort.

— Ghenhaark était le chef de toute l'expédition ?

— Oui.

— Mais, bon Dieu, ils risquent de faire sauter tout le satellite !

— En un quart d'heure, ça me semble difficile...

Le vaisseau s'approcha lentement du grand sas d'Ile 2 après s'être mis en orbite stationnaire autour de l'énorme cylindre.

Blade surveilla la manœuvre du poste de pilotage puis redescendit rejoindre le corps expéditionnaire dans la soute principale.

Le passage télescopique se déplia et alla s'arrimer à l'ouverture du sas. Dès que la pression fut restaurée à l'intérieur de ce frêle pont sur le vide, Blade fut le premier à s'y élancer. Il arriva face au sas en quelques secondes et chercha la commande manuelle d'urgence qu'il finit par découvrir sous une plaque métallique de protection. Se souvenant de celle qu'il avait déjà manipulé à l'intérieur de l'extrémité d'Iletrois, il en découvrit rapidement le mécanisme et le sas finit par s'ouvrir lentement devant lui. Il se retourna et fit signe aux premiers guerriers d'Iletrois qui le suivaient de s'avancer à sa suite.

Ayant tiré son pistolet à rayon thermique, il s'élança alors dans le sas.

La première chose qui surprit Blade fut de ne rencontrer aucune résistance. Les Terriens pouvait s'être retranchés dans les centres de contrôles, bien sûr, mais c'était tout de même étrange qu'ils n'aient pas au moins tenté une embuscade dans le sas qui était, de loin, le meilleur endroit pour monter un traquenard...

Le corps expéditionnaire prit donc pied sans problème dans l'extrémité du satellite qui ressemblait de très près à celle d'Iletrois.

Plus le temps passait, plus Blade et ses amis trouvaient bizarre l'absence totale de réaction des Terriens. Blade ne parvenait pas à imaginer que la mise en garde que Sydow disait avoir proférée à la radio puisse avoir eu un tel effet. D'ailleurs, dans ce cas, un groupe aurait dû les attendre pour parlementer et signifier la reddition sans conditions...

## CHAPITRE XXV

Ils découvrirent les Terriens au bout d'une bonne heure de recherches menées au sein du dédale de coursives. Ils les trouvèrent tous étendus dans une grande salle qui avait abrité un complexe d'ordinateur détruit pendant la guerre.

Et tous étaient morts.

Blade fit le tour des cadavres. A un moment, il empoigna brutalement Sydow par l'épaule, faisant un grand effort pour se maîtriser.

— Qu'est-ce que cela signifie ? lui demanda-t-il d'une voix blanche. Bon sang, où sont les dizaines de soldats dont tu m'avais parlé !

Sydow poussa un soupir.

— Tu as usé du mensonge pour décider les amazones à suivre tes conseils et tu es en train de me reprocher d'avoir fait la même chose... Vois-tu, quand tu m'as fait prisonnier, j'ai essayé un coup de bluff pour te dissuader de venir ici et pour donner une chance à ces pauvres types de mourir tranquilles. Mais je n'avais pas prévu ta détermination...

Blade l'attrappa au collet.

— Où sont les femmes que tu m'as dit être prisonnières ? Où sont-elles ?

Sydow fit une grimace qui passa presque inaperçue sur son visage déformé et obligea Blade à relâcher sa prise.

— En fait, quand nous sommes arrivés ici, nous n'avons trouvé personne, Richard Blade. Ile 2 était aussi vide qu'une épave dérivant sur la mer. C'est pourquoi Ghenhaark n'a laissé ici qu'une vingtaine de soldats parmi ceux qui avaient le plus mal supporté le voyage depuis la Terre.

— Mais que leur as-tu dit pour qu'ils fassent *ça* jeta Blade en montrant les corps alignés sur le sol et dont toutes les têtes avaient été transformées en bouillie sanglante par les rafales d'armes automatiques tirées lors du suicide collectif des Terriens.

— Je leur ai ordonné d'en finir, tout simplement...

Blade fronça les sourcils.

— Comment tu leur as « ordonné » ?

— J'étais le commandant en second de cette force d'intervention, répliqua Sydow. La mort de Ghenhaark avait fait de moi leur chef et j'ai préféré pour eux une mort digne à un massacre sans pitié. Par bonheur, ils étaient très disciplinés...

Blade fixa Sydow un court instant avant de se détourner. Soudain, Sally et Waldron furent devant lui.

— Me comprendras-tu si je te dis que cet homme a eu raison d'agir ainsi ? dit le Gardien des Esprits.

Blade ferma les yeux.

— Mais pourquoi ne leur a-t-il pas ordonné de se rendre ! Pourquoi ?

— Tu connais parfaitement la réponse, fit alors Sally. Ces hommes défigurés n'auraient jamais cessé d'être autre chose que des étrangers parmi nous et il leur a épargné cela. Je sais qu'il a eu raison car je sais combien l'être humain est imparfait et rancunier...

A cet instant, un tumulte naquit derrière eux. Blade n'eut que le temps de se retourner pour voir Sydow se jeter sur l'amazone la plus proche et lui arracher son pistolet. Et avant qu'il ait eu le temps d'intervenir, Sydow se tira une rafale thermique dans la tête.

## CHAPITRE XXVI

Blade mit longtemps à trouver ce qu'il cherchait. Pourtant, accompagné de Sally et de Waldron, il finit par arriver devant une porte située en pleine zone d'apesanteur et dont la plaque annonçait « Centre de Documentation ».

Sans perdre de temps à essayer de trouver le système d'ouverture, il tira sur la serrure électronique avec son pistolet à rayon et attendit que le métal ait fondu pour pousser la porte blindée du bout du pied après s'être accroché à une barre fixée à la cloison de la coursive.

Sally et les deux hommes entrèrent en flottant à moitié dans une petite salle circulaire dont les parois étaient couvertes de fichiers hermétiquement fermés. Au centre de la pièce se dressait un ensemble comportant un fauteuil orientable noir installé devant une petite console dont l'écran unique paraissait fixer le plafond métallique d'un œil morne et vide.

— J'aimerais savoir ce que tu es venu chercher là ? dit Waldron.

— Une confirmation, répliqua Blade d'une voix tendue, rien qu'une bon Dieu de confirmation...

Il s'assit alors dans le fauteuil et étudia les rangées de boutons qui s'étendaient sous ses yeux. Il trouva rapidement ceux qu'il voulait et mit la console en route.

Des pages de textes microfilmés commencèrent à se dévider sur l'écran. Il arrêta de temps à autre le flot d'informations jusqu'à ce qu'il arrive au passage qui l'intéressait. Là, il se mit à lire le texte avec avidité.

Sally et Waldron le regardèrent faire sans un mot. Cela dura dix bonnes minutes puis Blade se redressa et éteignit la console en poussant un soupir de soulagement. Il se retourna alors et s'apprêta à quitter le fauteuil.

C'est à ce moment précis que les ordinateurs de Lord Leighton choisirent de le ramener dans la Dimension Normale, sous le regard éberlué de Sally et du Gardien des Esprits.

## CHAPITRE XXVII

Le soleil baignait l'Angleterre lorsque Richard Blade s'assit en face de J et de Lord Leighton qui avaient pris place dans le jardin de la résidence de campagne de leur protégé.

Culotté vint se poster sur les genoux de Blade et attendit sagement — pour une fois — la suite des événements.

— Richard, dit alors J, il me semble que vous êtes resté bien évasif sur un point de votre mission...

— Nous avons épluché votre compte rendu et nous nous sommes aperçus que vous aviez négligé de nous dire ce que vous aviez trouvé dans les archives d'Ile 2. Et j'avoue que de savoir que tout notre monde va disparaître dans un holocauste planétaire me donne la chair de poule et me fait presque regretter d'avoir inventé un appareil susceptible de nous dévoiler cette horreur embusquée dans notre avenir !

Blade se servit un verre de bourbon et en but une gorgée.

— Ce n'est pas notre avenir que j'ai visité, Lord Leighton...

Le vieux savant déformé par la maladie eut un haut-le-corps et porta la main au niveau de son cœur.

— Pas de ça, Richard, pas de ça ! Je suis vieux et...

J l'arrêta d'un geste calme.

— J'avoue que je m'en doutais un peu, mon cher Leighton. Si ce n'avait pas été le cas, je suis certain que Richard en aurait été malade rien que d'y penser.

Blade eut une mimique amusée.

— En fait, j'y ai cru jusqu'au dernier instant, jusqu'au moment où j'ai eu sous les yeux un rapide résumé de l'histoire du XX^e siècle de cette Dimension. Rétrospectivement, je me demande dans quel état d'esprit nous aurions tous été si vos ordinateurs m'avaient rappelé ne serait-ce qu'une heure plus tôt !

— Au fait, Richard ! Au fait ! s'exclama le vieux savant.

— Eh bien, pour résumer en quelques mots, la différence entre l'histoire de cette DX et celle de notre monde était de taille : là-bas, l'Union Soviétique avait été attaquée et écrasée par les troupes alliées en 1945 !

— Mais c'était ce que Patton voulait faire ! s'étonna J.

Blade but à nouveau et repoussa Culotté qui tentait de s'emparer de son verre.

— Dans cette DX, le général Patton n'est pas mort prématurément et a fini par persuader le commandement allié qu'il fallait profiter du moment pour régler son compte à l'URSS. La guerre a duré encore un an de plus et s'est terminée par la reddition de Staline. Une Europe forte et indépendante est née et la paix a duré jusqu'à la fin du siècle lorsque les Chinois ont commencé à envahir la République Démocratique de Russie. Vous connaissez la suite....

Après le départ de J et de Leighton, Blade resta un long moment à regarder la nuit tomber. Les étoiles se mirent à briller d'un éclat vif et Blade se surprit à chercher parmi elles la trace lumineuse d'Iletrois et des deux autres colonies. Mais les îles de la nuit appartenaient à un autre univers, un univers où une lueur d'espoir avait ressurgi un peu grâce à lui.

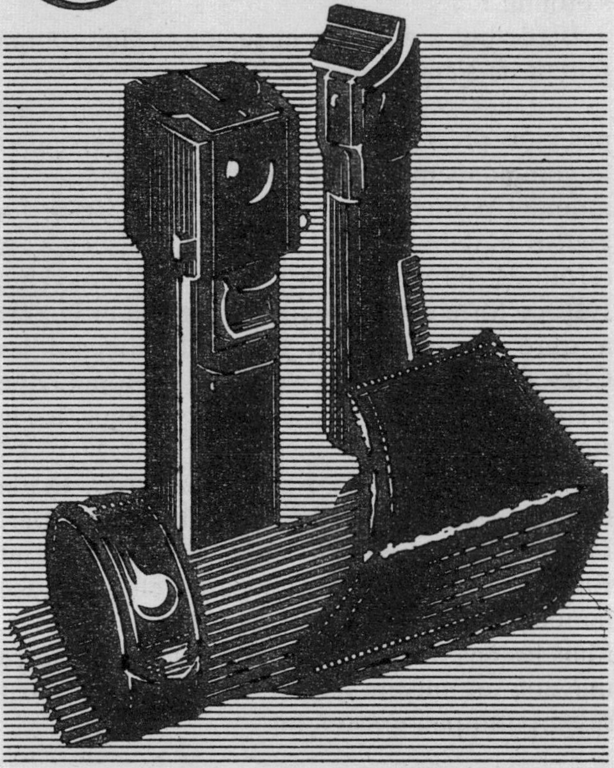

Bombes lacrymogènes CHEMICAL MACE au gaz CN

SMITH & WESSON

*la marque de haute qualité*

EN VENTE CHEZ MESSIEURS LES ARMURIERS